神様の居酒屋お伊勢

梨木れいあ

STARTS
スターツ出版株式会社

古くから栄える、お伊勢《いせ》さんの門前町《もんぜんまち》。
『おはらい町《まち》』と呼ばれるそこの路地裏に、神様たちのたまり場がありました。
『伊勢神宮《いせじんぐう》』の参拝時間が終わり、町全体が寝静まった頃、
ひっそりと店の明かりが灯ります。

さてさて今日は、どんなお客さんがやってくるのでしょう——。

目次

神様の居酒屋お伊勢

一杯目　インスタ映えする〝神〟唐揚げ

「帰りたくないな」

お正月ムードも少し落ち着いてきた一月の上旬。吹き抜けていった冷たい風に思わず身を縮めた。日が暮れるにつれて減っていく人の波を眺めながら、右手に持っていたみたらし団子を頬張《ほおば》る。

出来たてで柔らかかったはずのそれは、すっかり冷めて硬くなっていた。

飲食店や土産物店《みやげものてん》がずらりと両脇に並ぶ石畳の通り。情緒あふれる店が軒を連ねるここは、伊勢神宮内宮《ないくう》の門前町『おはらい町』。いつ来ても観光客でいっぱいで、お祭りのような賑《にぎ》わいを見せている。

だけど、それは太陽が顔を出している間の話。内宮の参拝時間が終わる夕方には一斉に店じまいが始まり、町全体が眠りにつくのだった。

「これから、どうしよう」

硬くなっていたみたらし団子を飲み込んで、ひとりごちる。

『とりあえずそれ、神頼みでもしとけば?』

大学時代の友人である葉月《はづき》が、呆《あき》れたように電話の向こうでそう言ったのは一週間ほど前のことだった。

――〝就活《しゅうかつ》〟という名の戦いを終え、この春から新卒社会人として働きだした私、濱岡莉子《はまおかりこ》は、それなりに順調に人生の軌道に乗っていたはずだった。必死になって入った会社を、たったの三カ月で辞めることになるとは思ってもいなかったのだ。

四月と五月の研修期間中はまだよかった。研修の雰囲気がやたら体育会系で、社訓を大声で読まされたり、修行みたいな合宿がゴールデンウィークにあったりしたのは気になったけれど、東京《とうきょう》のＯＬになったというキラキラ感もあったし、周りの同期とも愚痴を言い合えた。

だけど六月になって配属されたのは、文系の私には無縁だと思っていたシステム系の部署だった。

やらなきゃいけない仕事はたくさんあるのに、なにから手をつけたらいいのか分からない。周りの先輩たちは常に忙しそうで聞くに聞けない。自分なりに勉強もしたけれど部署内で飛び交う会話にまったくついていけない。終電で帰る日々だった。

『それはほんと、人事部のミスだって。システムとか莉子にそんな小難しいこと向いてないの分かりきってるし。しかも残業代出てないんでしょ？　その会社、完全にブラックじゃん』

そう。定時でタイムカードを切ってから、残業をしていたのだ。周りの先輩たちがみんなそうしていたから、それが普通なのかと思っていたけれど、俗に言う〝サービス残業〟というものだった。

結局、東京での慣れないひとり暮らしにも気持ちが滅入り、たったの三カ月で仕事を辞めて茨城《いばらき》の実家に帰ることになった。

夢や希望といったら大げさかもしれない。だけど、そういった類《たぐい》の将来への期待を少なからず持って社会人になったわけで、膨らんでいた風船が急にしぼんでしまったような、そんな気持ちだった。

そんな私のことを、家族はとてつもなく優しく——まるで腫れ物に触るように迎えてくれた。

『そうやって気遣われるのが申し訳なくて再就職しようとしてるけど、どこの会社の面接でもなんで前の会社を三カ月で辞めたのか聞かれて、うまくいかない？　そりゃそうだわ。私が面接官でも気になるし。またすぐに辞めそうだもん』

ということで、葉月に勧められたのが神頼みである。

どうせなら日本で一番の神社に行こうと考えて、すぐさま頭に浮かんできたのは、伊勢神宮だった——。

そこで、伊勢神宮の情報をスマホで集められるだけ集めて、伊勢神宮には外宮《げくう》と内宮があるということ、外宮を参ったあとに内宮を参るのが習わしとなっていること、その外宮で祀《まつ》られているのが衣食住をはじめとする産業の守り神である『豊受大御神《とようけのおおみかみ》』ということを知り、ああもう産業の神様とか今の私にぴったりじゃないかということで、もともと名古屋《なごや》の会社で面接を受ける予定があった今日、意気勇んでやってきたわけである。

「で、外宮も内宮も参ったけど、結局また不採用かあ……」

今朝面接があった名古屋の会社から早速届いた〝お祈りメール〟。もう何度も見た文面に苦笑しながら、私はまた硬くなったみたらし団子を頬張った。

家に帰ったらきっと、面接はどうだったか聞かれるだろう。それに私がまた曖昧な返事をしながら部屋に戻ったあとで、お母さんがお父さんに『ダメだったみたい』と告げるのだろう。

道行く人々は「楽しかったね」「おいしかったね」と今日一日の感想を言い合いながら、道の端に突っ立つ私に目もくれず帰っていく。

ぴゅうっと吹いた風の冷たさに首をすくめた。コートとマフラーで防寒対策をしてきたつもりだったけれど、ストッキング一枚でしのいでいる足元から全身に寒さが回る。こんなことならパンツスーツで来たらよかった、と今さら思っても遅い。

「とりあえず暖かいところで温かいものが食べたい……」

視線を落とせば履き慣れたパンプスから、長い影が伸びていた。実際の私より明らかにスリムでスタイルのいいそれを、ぼんやりと見つめていたときだった。

『こっち、おいない』

「え……？」

突然、やけにはっきりと聞こえた声に顔を上げる。しかし辺りを見回してみても、こちらを向いている人などいない。

誰かが話していた声を、たまたま耳が拾ったのだろうか。そんなふうに納得しかけた私の脳に、また同じ声が流れ込んできた。

『おいない、こっち、おいない』

慌ててまた顔を上げる。

落ち着いた女の人のような、静かで優しい、だけどちょっと不思議な声。さっきは判断できなかったけれど、声は私の後ろのほうから聞こえていた。振り向いて確認すれば、私の後ろには店と店に挟まれた一本の細い道があった。

こんな道、あっただろうか。人の行き来を邪魔しないように立っていたはずだったのに。

疑問に思いながら首を傾げていると、また聞こえてくる例の声。

『おいない』

声の主の姿は見えないのに、私の脳に直接語りかけてきているみたいな、奇妙な感覚がした。

『おいない』って初めて聞いたけれど、ニュアンス的には『おいで』といったところかな。つまり私は今、この声に呼ばれているということになる。

いつもなら怪しんで、無視していただろう。絶対にこの路地へ入ろうと思わないし、何事もなかったような顔をして家に帰っていたに違いない。でも、今の私は家に帰りたくなかった。家族に気遣われているのが申し訳なくて、なんとなく居心地が悪かった。そんな現実から、顔を背けたかったのだ。

「……ちょっとだけ行ってみよう」

少しだけ抱いた怖さを振り払うため、そう小さく呟《つぶや》いて深呼吸をする。就職祝いに両親に買ってもらった革のバッグを肩にかけ直して、両手でギュッと持ち手を握り、私は一歩踏み出した。

ふと神社へ行きたくなることを、『神様に呼ばれる』と表現することがあるらしい。なんともスピリチュアルな言い方だと思うけれど、特に伊勢神宮は神様に呼ばれやすいことでその筋の人たちには有名なのだとか。

なんだか私の今の状況、神様に呼ばれてるみたいだな。

そんなことを思いながら、人々が行き交っていたおはらい町とは打って変わって静かな路地裏を歩いていた。この辺りは古くからの住宅街のようで、昔ながらの木造の建物が立ち並んでいる。

誰かに呼ばれていたはずなのに、一向にその姿は見えない。なのに不思議と怖いという気持ちは消えていて、引き寄せられるように足が動いていた。

路地の奥で、ゆるりとはためく紺色の暖簾《のれん》が見えた。

あそこだ。

直感的にそう思って近寄ってみると、年季の入った木造の建物が顔を出す。周りの古い住宅たちと大差ないように佇《たたず》んでいるけれど、軒先で揺れる暖簾と引き戸の横にかけられた【営業中】の札が、ただ人が住むだけの建物ではないということを主張している。

趣があるというか、渋いというか。とにかく、建てられてからすごく長い年月を重ねてきたんだろうなという感じの雰囲気を醸し出していた。

店の中から漂ってくる煙たさと、優しい明かりが灯る赤提灯《あかちょうちん》。

「『居酒屋《いざかや》お伊勢《いせ》』……？」

紺色の暖簾に白く書かれていた文字を読み上げた。スンと息を吸えば、おいしそうな匂いが強く香る。

暖かいところで温かいものが食べたい。そんな私の願いにぴったりの店が現れるなんて、今日の私はツイている！

そう思うと、なんだか急に元気が湧いてきたような気がして、ここに辿《たど》り着くまでにあった不思議な出来事なんてすっかり忘れた私は、なんのためらいもなく暖簾をくぐった。

「いらっしゃい」

ガラッと引き戸を開ければ、すかさず飛んできた低い声。その声がしたほうを見て、私はぎょっとした。

古ぼけたカウンターの中に、紺色の作務衣《さむえ》を着た若い男の人が、ひとり立っていた……まではいい。問題は、その人の顔だ。

ちょっとつり上がった目が大きくて、スッと鼻筋が通っていて、見ようによっては整った顔立ちをしているけれど、強面《こわもて》という言葉がしっくりくる。さらに、頭に巻いた白いタオルの下からは短い金髪が見えていて、耳にはピアスの穴が無数に開いていた。いかにも、〝やんちゃしてます〟という雰囲気だ。

「好きなとこにどーぞ」

「え、あ、……はい」

店員さんらしき人はこの彼以外に見当たらない。というか店の中には、この人以外に誰もいなかった。

まあ確かに日が暮れたとはいえ、まだ午後六時だしそんなもんか。いやでも、外から見たときには笑い声も聞こえたし、活気があるように感じたんだけどな。

そう思いながらトレンチコートを脱いで、キョロキョロと店内を見回す。私が立っている入り口から見て左側にカウンターがあって、右側は座敷になっていた。

カウンターには椅子が五つ、座敷には四人掛けの机がふたつ並んでいる。初めてのお店でカウンター席に座るのは少し勇気がいる。だからといって、座敷にひとりで座るのもちょっと違う気がする。

「ここ置きますね。参拝の帰りですか？」

悩んだ挙句、一番奥のカウンター席に腰を下ろした私に、店員さんはすかさずお冷とおしぼりを出してくれる。

顔つきは怖いけれど、ひと声かけてくれるあたり、無愛想というわけではないのかも。

少しほっとしながら、私は頷《うなず》いて答える。

「あ、えっと、まあ……そんなところです」

というか、再就職祈願のためだけにわざわざ来た者です……なんて心の中で付け足しつつ、苦笑いを浮かべた。

丸まっていたおしぼりを広げるとホカホカと湯気が立って、凍っていた指先がじんわりと温められていく。ようやく座れたこともあって、私はふーっと息を吐いた。

カウンターの奥にはずらりとお酒の瓶が並んでいて、眺めているだけでも楽しい。

「……日本酒とか飲まれますか？」

「え」

「いや、あの、じっと見とるで好きなんかなと思って」

無意識のうちにお酒を眺めすぎていたらしい。店員さんはそう言って首を傾げる。

「えっと私、炭酸が苦手で、ビールよりも日本酒派というか」

「あー、なるほど。たまにおるなあ、そういう人」

納得したように頷いてから、店員さんは「……ああもう、ちょっと待てって」と誰もいないであろうカウンターの隣の席のほうへ言葉を発している。

「……へ？」

「あ、……すみません、気にしやんといて」

不思議な光景に、間抜けな声が出た。店員さんはそんな私の声で我に返ったのか、困ったような笑みを浮かべる。

気にしないでと言われると逆に気になるんですけども。

首を傾げた私をよそに、店員さんは後ろを向いてゴソゴソし始めた。

なんだろうと思いながらその背中を眺めていると、わりとすぐにこちらへ向き直る。

「よかったらなんやけど、これ飲んでみませんか？」

そうして店員さんがカウンターの上に置いたのは、透明な液体が入った小さなグラスだった。水のようにも見えるけれど、鼻を少し近づけるとふわりと独特の香りが漂う。

「お酒ですか？」

「うん。預かりものというか、もらったものというか……やから、えっととりあえずお金はいらんので」

「え！　いいんですか⁉」

お金はいらないという言葉に思わず反応してしまう。なにせ私は二十三歳無職である。ありがたいことこの上ない。

「じゃあ早速——」

「あ！　あー……っと、ちょっと待って。その前に」

グラスに口をつけようとした私に、店員さんはストップをかけた。

首を傾げて続きの言葉を待っていると、彼は困ったように頭をかいてから「三つ聞いてもいいですか」と改まったように背筋を伸ばした。

つられて私も姿勢を正す。

……なんだか、面接みたいだな。

「うるさいの……賑やかなのは好きっすか？」

「え？　えっと、はい好きです」

「接客とか、したことありますか？」

「学生のときにコンビニのアルバイトをしたことはあります」

変わった質問をしてくるなあと思いながら、背筋を伸ばしたまま受け答えをする。

いや、これは面接でもなんでもないわけだから、別に気を張らなくてもいいはずなのだけれど。

就活で頭の中が染まっている私は、どうすれば採用してもらえるか、相手に気に入ってもらえるかということを無意識のうちに考えてしまっていたらしい。

「じゃあ、……神様って信じますか？」

ちょっと冷静になれば、疑問に思うはずなのに。

「はい、信じています！」

相手はきっと、この答えを求めているのだろう。そう思って勢いのまま大きく頷いた私に、店員さんは呆れたように笑って「変なこと聞いてごめん、どうぞ」とグラスに視線を落とした。

＊　＊　＊

「そなたの信仰心には感心したぞ」

……おかしい。これはいったいどういう状況なのだろう。

店員さんに出してもらったお酒を飲み、その味と香りを楽しんでいたところまでは覚えている。濃厚なのに飲みやすくて、だけど今まで飲んだことのないような不思議な味がした。なんていう銘柄のお酒なんだろうと思い、店員さんに質問しようと顔を上げたとき、隣の席にお客さんがいたのだった。

「この時代に珍しく、我々を深く信じておるとは」

薄紫色の着物に身を包んだその人は、肌が白くて目鼻立ちがはっきりとした綺麗《きれい》なお姉さんだった。

「……どちら様ですか?」

失礼にならないよう恐る恐る尋ねると、お姉さんはキラキラと目を輝かせて胸を張った。

「よくぞ聞いてくれた。この私こそ、伊勢神宮外宮の祭神《さいじん》、〝豊受大御神〟である」

「……やっぱり疲れてんのかな、私」

この店には今、私と店員さんしかいないいんじゃなかったっけ。誰かが引き戸を開けたような気配もなかったし。

そう思いながらゴシゴシと目をこすっても、隣の席のお客さんの姿は消えない。艶やかな黒髪が結い上げてあって、綺麗なうなじに思わず目が行く。

「そ、そなたの信仰心が神々に認められ、こうして我々の姿が目に見えるように――」

「なんでもいいや、目の保養にさせていただこう」

お客さんはまだなにか言っていたけれど、歩き回ってへとへとの私に、難しい話を理解するのは無理だった。話を聞くのは早々に放棄して、ちびりとまたお酒に口をつける。

すると、それまで得意げだったお客さんの表情が、次第に崩れていった。一瞬悲しげに眉を下げたかと思えば、今度はムッとしたように両頬を膨らませる。

どうしたのだろうと見ていれば、突然お客さんは立ち上がり、店員さんにこう嘆いた。

「……ねえちょっと、松之助《まつのすけ》！　この子全然私の話聞いてくれないんだけど！」

さっきまでの堅苦しい話し方から一変した口調。綺麗なお姉さんだったはずが、小さな女の子みたいに拗《す》ねている。

そんなお客さんの変わりように驚いていると、店員さんが口を開いた。

「慣れやんしゃべり方するからっちゃう？　ていうか普通の人間はそんなもんやろ」

この店員さんは、どうやら松之助さんというらしい。はあ、と呆れたようにため息をついて、私の隣に座るお客さんの前にビールを置いた。ジョッキはキンキンに冷やされているのか、うっすらと結露している。

あれ、なんだ。松之助さんにもこのお客さんが見えているのか。

その事実に少し安心して胸を撫《な》で下ろした。しかし、それも束《つか》の間《ま》のこと。

「あのな、そこにおんの、神様やで」

「へ？」

松之助さんの言ったことが即座に理解できなくて、思わず変な声が出た。

神様は信じている。というか、すがっているのは確かだ。だけど、その姿が見えるなんてことはあり得ないし、そんなことを言っている人はテレビの中でしか出会ったことがない。

さっきから隣のお客さんがそんなようなことを口にしていたのは聞こえていた。けれど、聞き間違いであってほしいとどこかで願っている自分がいたのだ。

だって、神様って、意味が分からない。

「なんで松之助の話は聞くのよお」

隣のお客さんはそう言って、ぐいっとビールを煽《あお》る。

ジョッキを片手で持つ美人という、なんともミスマッチな光景をただただ眺めていると、お客さんはそのままゴクゴクと音を立てて一気にそれを飲み干した。

「いや、ヤバい人かなって思って……」

半信半疑のまま言葉を返せば、プハッとジョッキから口を離し、お客さんは頬杖《ほおづえ》をつく。

「失礼ねえ。こうして私の姿を見られるのは、選ばれた人間だけだっていうのに」

この人は本当に神様なのだろうか。神様ってこんなに簡単に出会えて、話せるものなのだろうか。

「その〝選ばれた〟っていうのが全然分からないんですけど。私、別にそこまで信仰深いわけじゃないですし……」

さっきからお客さんがしきりに言っていた〝信仰心〟に心当たりがなさすぎて、首を傾げる。

今日はそれなりに神様を信じて、すがりに来たわけだけれど、普段から神様のことを考えているなんてことはない。信仰心に度合いがあるとすれば、多分世間一般の人と同じレベルだと思う。

「……再就職したいんでしょ？」

不意に、お客さんがポツリと聞いた。

話に出てくると思っていなかった『再就職』という言葉に、私は目を見開く。

「なんで、それを知って――」

「だからさっき言ったでしょ。私は外宮の祭神、豊受大御神だって」

私が再就職祈願に来たことは、ここで話していないし、家族にだって今日は名古屋で面接があるとしか伝えていない。それを知っている人がいるとしたら、私と葉月と……神様だけだ。

そこでふと思い出す。そういえばさっき、この人は外宮がどうとか言っていた。私がなにかに気づいたのを、隣のお客さんも松之助さんも感じ取ったのだろう。店の中に流れる空気がふわりと変わる。

つまり、本当にこの人は神様で、外宮の祭神の……。

「と、とようけの……」

「おおみかみ、ね。『トヨさん』って呼んでくれたらいいから」

そう言って、隣のお客さん——トヨさんはふにゃりと笑った。

「神様をそんなふうに呼んじゃって大丈夫なんですか……？」

「いいのいいの、私がそうしてって言ってるんだから」

「は、はあ」

信じがたい状況なのは分かっているのだけど、極限の非現実に直面すると人間は不思議と受け入れてしまうものなのかもしれない。もしかして私、酔ってるのかな。

「でも、なんで私が選ばれたんですか？」

ずっと疑問に思っていたことを尋ねてみる。

「だーって、あなた、めちゃくちゃ長かったんだもの」

その言葉に、松之助さんがクスリと笑った。

「な、長かったとは？」

「参拝時間のこと。お願い事はさまざまだし、思いの強さも人それぞれだけど、あなたは手を合わせてる時間がとにかく長かったのよ。よっぽど切実だとお見受けしたわ」

は、恥ずかしい……。私、そんなに長かった？

確かに、神様に聞いてもらいたいことがたくさんあった。まず一度就職させてもらえたお礼をして、そのあとは就職してた頃の反省、それから再就職に向けての抱負に、再就職が決まったときの職場環境における心構え……云々《うんぬん》。

あのとき対話していた神様が今、目の前にいる。ということは、私が心の中で思っていたことも全部このお方に聞いてもらっていたというわけで……。

「か、神様を前に大変失礼いたしました！　私、改めまして、濱岡莉子と申します」

隣に身体ごと向けて、ガバッと頭を下げた。

「莉子ね。そんなに堅くならないでいいわよ」

私の名前を聞いて満足そうに頷いたトヨさんは、空いたジョッキを掲げてみせる。

それを見た松之助さんが「ほどほどにしときや」と言いながら、ドンとビールを置いた。

「トヨさんは最近、参拝客が写真撮るのに夢中でろくに参拝してくれやんって愚痴《ぐち》っとったからな」

神様が愚痴る？　そんなこと、あるのだろうか。私のイメージでは、神様って気高くて厳かで、愚痴なんてひとつもこぼさない完全無欠の存在なのだけれど。

「やー、もうほんとにね。言いだしたら止まらないわよ」

「へえ。神様にもいろいろあるんですねえ」

「そうなの。ねえ莉子、ちょっと一杯付き合ってよ」

　おかわりのビールをぐいっと飲みながらそう言うトヨさんの様子に、なんだか親近感が湧いてくる。

　とにもかくにも、こんなへんてこな状況、私だって飲まないとやってられない。

　そういえば、サービスでもらった不思議な味わいのあるお酒しか飲んでいないことに気づく。

「じゃあ、えっと、注文いいですか」

「もちろん。メニューはそこにあるやつと、壁に貼ってあるやつな」

　小さく手を挙げて尋ねれば、カウンターの隅と、壁に貼ってある色とりどりの紙を松之助さんが指差す。

　カウンターの隅に置いてあったお品書きを見てみると、ビールや日本酒、各種カクテルに、果実酒、サワーといったいろんな種類のお酒の他、枝豆やポテトフライ、出《だ》汁《し》巻《ま》きなどの定番のおつまみが並んでいた。

「梅酒のロックと、ポテトサラダと、豆腐のいくら乗せと――」

「私のおすすめは唐揚げ！」

「……神様って、お肉食べても大丈夫なんですか？」

注文している途中で口を挟《はさ》んできたトヨさんに、精進《しょうじん》料理を思い浮かべながら尋ねれば、「やあね、確かに仕事中はあまり食べないけど、オフのときは別よ」と肩を叩《たた》かれた。

神様にオフとかあるのか。よく分からないけれど、トヨさんが言うならそういうことなのだろう。

「えっと、じゃあ唐揚げも」

「はいよ」

トヨさんのおすすめも一緒に注文すると、松之助さんは愛想よく頷いてくれた。

すぐに出てきた梅酒をちびりと飲みながら、隣でビールを煽るトヨさんを盗み見る。

一度神様だと信じてしまえば、なんとなくその姿は神々しいような気がしてきた。

しかし、ちょっとしつこく参拝したくらいで神様が見えるようになったら、世の中大変なことになるんじゃないだろうか。

ふとそんな疑問を抱いて、首を傾げる。

「……私が知らないだけで、神様が見える人って意外と多かったりするのかな」

「なに、どうしたの？」

トヨさんに問いかけられて、我に返る。頭の中で考えていただけだったのに、どうやら声に出してしまっていたらしい。

「あ、いや、いまだにちょっとこの状況が不思議で、いろいろと考えてたんですけど……」

そう前置きをして、さっき抱いた疑問を正直に話せば、トヨさんは合点がいったように頷いた。

「莉子、あなた就職したいってお願いしに来たでしょ。私は産業の神様よ。人手不足のお店があるから、就職先を斡旋《あっせん》してあげようと思ってね。それで莉子のことを呼び寄せて、私の神通力《じんつうりき》を込めたお酒を松之助に頼んで出してもらったってわけ」

トヨさんはなんでもないことのように言って、ぐいっとまたビールを飲む。

「そうですか……って、ん？」

ちょ、ちょっと待って、ストップ。今のトヨさんの言い方からすると、私に就職先を紹介してくれるということだろうか。それはとてもありがたいことだけれど、さっき飲んだお酒の独特な味わいは、神通力風味ってこと!?

「トヨさん、多分あんま伝わっとらんで」

こんがらがってきた私の前に、ポテトサラダと豆腐のいくら乗せが置かれる。どちらの料理もおいしそうで、喉がゴクリと鳴った。

「莉子の就職先っていうのは、この店のこと」

「え!?」

補足するように口を開いた松之助さんに、思わず大きな声が出る。

「採用してもらえるんですか!?」

就職先がどこかということよりも、無職じゃなくなるということにテンションが上がって身を乗り出せば、松之助さんは苦笑いを浮かべる。

「うちの採用条件は三つなんやけど」

「三つって……?」

「賑やかなのが好きなこと。接客に向いてそうなこと。それから……神様の相手ができること」

どこかで聞いたことのあるような条件だ。

どこで耳にしたんだろうと思い返すと、お酒を飲む前に松之助さんがしてきた三つの質問によく似ていた。

「もしかしてあれ、面接だったんですか!?」

「まあ、最終確認というか。トヨさんが適任な子を見つけたって騒いどったから、一応聞いてみたんさな」

か。

「……ん？　でも私、神様の相手とかしたことないんですけど」

採用条件の三つ目。ひときわ変わったその条件に、私は当てはまらないのではない

そう言いかけた私の視界の隅で、ニヤリとトヨさんが笑みを浮かべる。

やけに綺麗なその笑顔を見て、嫌な汗が浮かんだような気がした。

「本当なら、俺みたいにもともと〝見える〟人に働いてもらいたいところやけど、そんなん言っとったら永遠に見つからんし。トヨさんの力が込められた、飲んだら〝見える〟ようになるヤバい酒をちょっと飲んでもらったってわけ」

「や、ヤバい酒……」

松之助さんの言葉を復唱して、くらりと目まいがした。

今の松之助さんの話だと、私はあのお酒を飲んだことで〝見える〟体質に変わってしまったということか。それは果たして喜ぶべきことなのだろうか。

「ていうかそもそも、どうして神様の相手ができないと採用してもらえないんですか……？」

私がそう、頭の中に浮かんだ疑問を口にしたときだった。

「よーっす、まっちゃん！　とりあえずビールで」

「あれ！　なに、トヨさんの見つけてきた人間ってその子？」

　ガラッと引き戸が開く音と共に、ガヤガヤと入ってくるお客さんたち。

　急に賑やかになった店内に呆気《あっけ》にとられている私に対して、松之助さんはさっきまでと変わらないトーンで、なんてことないようにこう言った。

「うち、神様たちのたまり場やから」


　カウンターの上を、小さな丸が列をなして通っていく。シャボン玉のように透明で、周りが虹色がかっているそれらは、古いホウキの付喪神《つくもがみ》らしい。丸くてキュキュッと鳴くから、松之助さんは『キュキュ丸』と呼んでいるそうだ。

　キュキュ丸が通ったところはツヤツヤと綺麗になっていた。お皿やグラスを避けながら、ちょこちょこと動くのが可愛い。

　そんな不思議なお掃除隊を、微笑ましく眺めていられたのも束の間。

「ほんっと、やってらんないわ！」

　五杯目のビールを一気に飲み干し、ドン、と机にジョッキを置いたトヨさんが口をとがらせた。

　座敷のほうでは、ネクタイを頭に巻いた年配の神様らしきお客さんたちがどんちゃん騒ぎをしている。今どき人間でもそんな騒ぎ方をしないのでは、と思いつつもそれを言葉にすると面倒なことになりそうなので、胸の中にしまっておくことにする。

壁にかかっている鳩時計《はとどけい》が、七時を示していた。

「最近の子たちって、なんでああなの？」

「えっと……？」

「なんでお伊勢参りに来てるのに、内宮とおはらい町にしか行かないの？　ちょっと調べれば外宮から参るのが正式だって書いてあるはずなのに、外宮のことはみんなすっ飛ばしていっちゃうんだから！」

プリプリと拗ねたように怒りながら、トヨさんは「松之助、おかわり！」とまた空いたジョッキを掲げた。

【伊勢神宮】で検索をかけると大抵、画像欄の一番目に出てくる、橋と大きな鳥居のコラボレーション。内宮にある『宇治橋《うじばし》』と呼ばれるその橋からの美しい景観を拝みに、内宮に観光客が集まってしまうのは、仕方ないことのように思う。

伊勢神宮の外宮は、内宮からおよそ五キロメートル離れたところにあって、昔の人はみんなその道のりを歩いたそうだけれど、今どき歩く人も少ないだろう。観光のメインはやっぱり内宮だろうし、それだけで満足してしまう人がいてもおかしくない。

私自身も、外宮前から出ていたバスに乗って内宮まで来たけれど、内宮とおはらい町の賑わいは桁違いにすごくて、驚いたものだった。

「トヨさんのいつもの演説が始まったな」

そう言って六杯目のビールをトヨさんの前に置いた松之助さんは、さっきからせわしなく手を動かし続けている。今も小皿に煮干しを盛ったかと思えば、入り口近くにいた猫にサッと出していた。

「あれ、その猫もお客さんなんですか？」

「ああ、いや、こいつは招き猫の付喪神の『ごま吉《きち》』。煮干しあげる代わりに、店の前で客引きしてもらっとんの」

隙を見て尋ねた私に、松之助さんは簡単に説明してくれる。三色の毛が白ゴマと黒ゴマと金ゴマっぽいから、ごま吉と呼んでいるのだとか。普通の三毛猫のように見えたごま吉は、煮干しをおいしそうに頬張ったかと思えば、後ろ足で立ち上がり、二足歩行でとことこと店の外へ出て行った。

どうやらここは神様たちの間で評判のお店らしい。次々とやってくるお客さんたちを松之助さんはひとりで相手していた。掃除はキュキュ丸に任せておけるにしても、人手不足というのは、この店にとってかなり深刻な問題なのだろう。

「ねえ、ちょっと莉子、聞いてる？」

どすん、とトヨさんが肩に寄りかかってきた。正直、他のことを考えていたけれど、私は「聞いてますって」と頷く。

「大体ねえ、両想いになれますように、とかお願いしに来るけど、それ私の専門外だから！　参拝するならその神社にどんな神が祀られてるかくらい、ちゃんと調べてきなさいよね」

「はあ、なんか神様って大変ですね」

「そうなの！　もうね、ちょー、たいっへん」

段々と舌が回らなくなってきているトヨさんに、適当に相槌《あいづち》を打つ。

これ、完全に絡み酒ってやつだ。

かく言う私も、おかわりで頼んだ梅酒が予想以上においしくて、調子に乗って飲んでいるうちにふわふわとしてきたような気がしないでもない。

「それにねえ、最近の子たちは――」

「はい、お待ち」

まだまだ続きそうなトヨさんの愚痴に耳を傾けていたとき、それを遮るように、私たちの前にお皿が置かれた。

「唐揚げ！　来た来た！」

「わあ、おいしそうですね！」

千切りキャベツと一緒に、ゴツゴツと大きい唐揚げが六個盛られていた。ほわんと湯気が立っていて、まさに揚げたてといったところだろう。思わず歓声を上げたトヨさんと私を、松之助さんがおかしそうに笑った。

「これ、なにかタレがかけてあるんですか？」

「そう。まあ食べてみ」

　普段私がよく食べる唐揚げよりも、濃い茶色でテカテカしているのを不思議に思って松之助さんに聞いてみれば、そんな答えが返ってくる。

　確かに話を聞くより食べてみたほうが早い。じゅるりと垂れそうになったよだれを引っ込めながら、ひとつつまんで、ふうふうと冷ましてから口に入れた。

　衣に歯を立てると、サクッといい音がした。次の瞬間、中に閉じ込められていた肉汁がジュワーッと出てきて、衣にかけられていた甘辛いタレと絡んで絶妙にまろやかな味わいが広がる。ふーっと鼻から息を吐くとニンニクの匂いがした。

「めちゃくちゃおいしいです、なにこれ！」

「たまり醤油《じょうゆ》っていうのをベースにした甘タレがかけてあるん。伊勢うどんのタレに使う、伝統的な醤油《しょうゆ》やで」

　角がなくておいしいやろ、と自慢げな松之助さんに、コクコクと頷いた。

「これがまたビールとよく合うのよねえ」

　私の隣で、トヨさんも幸せそうに頬張っている。おすすめしてくるだけあって、かなりお気に入りのようだ。唐揚げを流し込むようにビールを煽って、至福の笑みを浮かべている。

そんなトヨさんと共に舌鼓《したつづみ》をうっていると、入り口近くから「ごちそうさまぁ」と高い声が聞こえてきた。視線を向ければ白いキツネが二匹、ぴょこっと耳を立てている。

「き、キツネがしゃべってる……」

「あれはお稲荷さんところのお使いキツネたち。今日はもう帰るみたいね」

驚く私に、トヨさんは平然と答える。松之助さんはキツネたちから代金を受け取って計算し、おつりを手渡していた。

「また、おいない」

そう手を振って、キツネたちを見送った松之助さんに、私はふと尋ねる。

「あの、『おいない』ってどういう意味ですか？　ニュアンス的には『おいで』と一緒で合ってます？」

トヨさんの声に呼ばれていたときのことを思い返して言えば、松之助さんは「ああ」と頷いた。

「そやな、そんな感じで合っとるよ」

「松之助の口ぐせなのよね。いつも『また、おいない』って見送ってくれるの」

なぜか誇らしげなトヨさんに「へえ」と相槌を打つ。だけど確かに、普通に『ありがとうございました』って見送られるよりも『また、おいない』って言われたほうが次も来たいと思うかも。ちょっとした違いだけれど、お客さんからしてみたら結構嬉しいものなのかもしれない。

「ところで莉子、あなた唐揚げ食べないの？　全部食べちゃうわよ？」

「えっ、それはダメです」

トヨさんの視線が唐揚げに向いていることに気づいて、慌ててお皿を遠ざけた。そんな私に「冗談よ」とトヨさんは笑うけれど、油断も隙もあったもんじゃない。

取られないうちにもうひとつ、と手を伸ばそうとしたとき、不意にピコンと聞き慣れた電子音がした。

「あ、ちょっとすみません」

断りを入れて、バッグの中からスマホを取り出す。さっきの音はメッセージの受信を知らせる通知だった。ホームボタンを押せば【帰宅は何時頃になりそう？】というメッセージがお母さんから届いていた。

なにも連絡していなかったことを思い出して、慌てて画面をタップする。【帰宅は遅くなると思う。夜ごはんは食べてくるから気にしないで】と返信すれば、親指を立てた女の子のスタンプが送られてきた。了解したということだろう。

「……それ」

「え？」

画面を消そうとしたところで、不意に隣から声がかかった。

「最近の子たちはみんなそれ持ってウロウロしてる！」

それ、と言いながらトヨさんが指差していたのは、私の持っているスマホだった。

「なんかそれに長い棒つけて、イエーイってよくやってるでしょ⁉　なんなのあれは！」

「あー……えっと、自撮り棒のこと？」

「ジドリボウっていうの？　あれ持って歩いてる子って、大抵ちゃんと前向いて歩いてなくて転びそうだし、誰かにぶつかりそうだし、見てて本当にヒヤヒヤするのよね」

まったくもう、と頬を膨らますトヨさんは、いつの間に飲み終えていたのかまた空いたジョッキを掲げる。

「あと、あれはなに？　やたら写真撮って投稿がどうのって」

「えーっと、インスタとかのことですかね。……こういうやつ？」

写真や動画を投稿できるＳＮＳのアプリを開いて、その画面をトヨさんに見せる。するとトヨさんは、食い入るようにその画面を見つめて「そう！　これ！」と大きく頷いた。

「確かに流行《はや》ってますね、これ。私も大学生のときにとりあえずインストールしたけど、写真撮るの下手すぎて、最近はもう見るだけになったかも」

「写真に下手とかあるん？」

　おかわりのビールを置きながら、そう聞いてきたのは松之助さんだった。じっと画面を見つめているトヨさん同様に、物珍しそうにしている。

「うーん、まあ楽しみ方は人それぞれだから、別にどんな写真を投稿しようと自由なんですけど。インスタは他のＳＮＳと違って、文章じゃなくて画像がメインのアプリだから」

「へえ、そういう感じなんや」

「〝フォトジェニック〟とか、〝インスタ映え〟とか耳にしたことないですか？」

　私がそう尋ねると、トヨさんと松之助さんは揃《そろ》って首を傾げた。ポカンと口を開けたふたりの頭上には、ハテナが浮かんでいるように見える。

　どう説明するのがいいかな、と少し考えながら視線を動かすと、自分の前に置かれている唐揚げが目に入った。

「例えばなんですけど、この唐揚げを普通に撮ると……」

　カシャ、と写真を撮ってみせる。

「……唐揚げやな」

「うん、普通の唐揚げね。これがどうしたの？」

「私がなにも考えずに撮ると、こういう感じになるんですけど。これを構図とか考えながら撮って、明るさとか色とかを調整して、いい感じに加工して、よりおいしそうな唐揚げにすると、こう」

検索のところに【#唐揚げ】と入れると、画面の上のほうに人気投稿が出てくる。そのうちのひとつをタップして見せれば、ふたりは「おお！」と声を上げた。

「これは見栄えがええなあ！」

「パンケーキとかカキ氷とかの投稿を見てみると、もっと面白いかもしれないです。あとは食べ物だけじゃなくて、フォトジェニックな場所とかもあったりして――」

「伊勢は？　伊勢の写真はないの？」

そう言ってトヨさんが、私の肩を揺する。さっきまでベロベロに酔って愚痴を垂れ流していたとは思えないくらい、その瞳は輝いていた。

言われるがままに【#伊勢神宮】と検索をかければ、画面にずらっと写真や動画が並ぶ。

トヨさんは恐る恐るスマホを覗《のぞ》き込んで、かと思えば勢いよく顔を上げた。

「すごい！　すごいこれ、みんな綺麗に撮ってくれてる！　ねえ松之助、こんなのあるってあなたも知ってたの？」

「いや、俺はそういうの得意とちゃうから……」

苦笑いを浮かべた松之助さんに「まっちゃん、こっちビール追加で！」と座敷のほうから声がかかる。軽く返事をして仕事に戻っていく姿を眺めていると、隣から肩をバシバシと叩かれた。

「ねえ莉子、これどうやったらこうなるの？　このもやーってした感じのやつはどうやってやってるの？」

「えっと、それはフィルターっていって……」

「フィルター？　どうやってするの？」

興味津々といった様子で質問攻めするトヨさんに、操作の仕方を説明していく。

ふんふんと真剣に聞く姿を見て、私はなんとなくお母さんを思い出した。長年愛用していたガラケーをスマホに替えたとき、お母さんは今のトヨさんみたいに、分からないことがあればなんでも私に聞いてきたのだった。

神様ってすごく遠い存在みたいに思っていたけれど、実は私たち人間とそんなに変わらないのかもしれない。

座敷で宴会をしている神様たちの豪快な笑い声を聞きながら、私はこっそりとそんなことを思った。

「……なんか、悪かったな」

いつの間にか夜は更けていて、終電はすでになくなっていた。明日はなんの予定も入っていなかったため、帰るのは諦めて朝が来るのを待つことにした私に、松之助さんがポツリと呟いた。

「え、なにがですか?」

お冷をもらって酔いが醒めてきた私は、どんちゃん騒ぎをして酔っ払った挙句、眠ってしまった神様たちにブランケットをかけるのを手伝っているところだった。店の中にはグウグウ、ガアガアと神様たちのいびきが響いている。

「トヨさんが言いだしたとはいえ、奇妙なことに巻き込んでしもて」

「あー……」

カウンターに突っ伏しているトヨさんは、穏やかな寝息を立てている。その姿ですら美しくて絵になるところを見ると、やっぱりトヨさんは神様なんだなと思う。しかし実際に話してみれば、ただの女の子のようにも思えた。

「これってやっぱり、奇妙なこと、なんでしょうか」

「奇妙やろ。神様のことが見えるようになって、しかもそのたまり場みたいな居酒屋で働けって言われとるんやで」

松之助さんは少し悲しそうに笑いながら、頭に巻いていた白いタオルを外した。短めの金髪をワシャワシャするのを見て、私は不意に浮かんだ疑問を口にする。

「松之助さんは、どうしてこのお店で働いているんですか？」

この状況が奇妙だと分かっていながら、なぜこの仕事を選んだのだろう。

そんな私の質問に、松之助さんは思案するように天井を見上げた。

「……神様たちにも、だらだらできる場所を作ったりたいと思ったんよな」

「だらだらできる場所、ですか」

松之助さんの言葉を、ゆっくりと繰り返して声に出してみる。

二度に渡る就活でいろんな企業の創始者の言葉を見てきたけれど、神様たちにだらだらできる場所を、というのはかなり新鮮だ。

「神様たちが人間みたいに悩んだり疲れたりしとるのを、ずっと見とったでさ。背負っとる肩書きとかを全部取っ払って、ひと息つけるような居場所があったらいいなと思って」

松之助さんは眠っている神様たちに視線を向けながら、照れくさそうに笑う。

最初は怖そうだと思ったけれど、神様たちと話す松之助さんは楽しそうで、生き生きとして見えた。きっとそれが松之助さん本来の姿で、とても優しくて思いやりのある人なのだろう。そうじゃなきゃ、誰かのために居場所を作ることなんてできないはずだ。

「それから俺が、……人間と合わんかったから」

「へ？」

松之助さんの、この店への想いに感動していたとき、ボソリと落とされた呟きを私の耳が拾った。

人間と合わなかったって、それは、つまり……？

「ていうのは嘘で」

言葉の真意を考えだした途端、投下された次の言葉。

「は？」

混乱しながら松之助さんの顔を見ると、彼はニヤリと笑っていた。

「ていうのも嘘で」

「いやそれ結局どっちやねん」

急にふざけだした松之助さんに、思わず片言の関西弁でツッコミを入れてしまう。

そんな私を、松之助さんはケラケラと笑った。

今日初めて会ったというのに、こうして緊張せずに話せるから不思議だ。松之助さんの奥底にある優しさとか、神様をも受け入れる寛容さとかがにじみ出ているからかもしれない。

前の職場にも、こういう先輩がひとりいてくれたら、また違っただろうか。

ふとそんなことを考えて、やめよう、と頭を振った。その代わりに、これからこの人の下で働けることを嬉しく思った。

松之助さんは私のツッコミがツボだったのか、ひとしきり笑ったあと、ふうと息を吐きながら「まあ〝見える〟っていうのはいいことばっかじゃないってことや」となにやら意味深な言い方をした。

多分、あんまり触れないほうがいい話題だったのだろう。なんとなくその空気を察して、私は別の話に変えることにした。

「あの、そういえばなんですけど」

「ん？」

「お給料って、どのくらいいただけるんですか？」

怒涛《どとう》の勢いで話が進んでいったため、仕事についての詳細を聞いていなかった。私がそれを口にすると、松之助さんもそのことに気づいたようで、ポンと手を叩く。

それから少し苦い顔をしながら「最初は見習いってことで、ごめんやけど月十七万くらいでどう？」と首を傾げた。

額面で月十七万ということは、いろいろ引かれて手取りは十五万ちょっとという感じだろうか。前の会社では手取りが二十万を超えていたから、提示された金額は喜べるような条件ではない。家賃、光熱費、水道代、食費、その他もろもろ含めて大ざっぱに計算してもカツカツだ。

「あの、ここって住居手当とか出ますか？」

ふと思い立って聞いてみると、松之助さんは「住居手当……？」と私が言ったことを繰り返す。

「えっと、この店で働かせてもらうってなったら、今住んでるところから通うのは多分無理なので」

「……ちょっと待って、莉子は今どこに住んどんの」

逆に質問をされて、実家が茨城にあることを告げれば、松之助さんは頭を抱えた。

「なんでそんな遠いとこに住んどんの……」

「いや私からしてみれば、縁もゆかりもない伊勢で仕事が見つかったことのほうが驚きなんですが」

話の流れ的に、きっと今までは松之助さんひとりでお店をやってきたため、住居手当なんて考えたこともなかったのだろう。

だからといって、それが出なければ私は苦しい生活を強いられることになると思う。たった三カ月の東京ひとり暮らしで、月々の家賃が意外とバカにならないことを私は身に沁《し》みて感じていた。

「……二階、空いてる部屋あるじゃない」

「へ」

「は」

松之助さんとふたり、間抜けな声を上げる。今この店の中で、起きているのは私たちだけだったはずなのに、第三者の声が聞こえた。

そちらを見れば、さっきまで眠っていたトヨさんがむくりと顔を上げている。

「トヨさん、起きとったんか」

「うーん、まあ、ぼんやりとね」

松之助さんの問いかけに欠伸《あくび》をしながら答えたトヨさんは、そのままゆっくりと私のほうを向いた。

「莉子。この店の二階に空いてる部屋があるから、あなたそこに住んじゃいなさい」

「え」

「そしたら住むところには困らないでしょ？」

「い、いいんですか!?」

それは、願ってもみない提案だった。この店に住み込みで働けるとなれば、家賃もゼロで、通勤時間もゼロということだろう。

「なんてったって、私は衣食住の神様だからね。困ってる人間を見過ごすわけにもいかないわ」

「いやトヨさん、それはさすがに――」

「神様ってすごい！」

松之助さんがなにか言いかけていたけれど、そのおいしい話に食いつかないはずもなく、私は「働く！　働きます！　ここで私を雇ってください！」と勢いよく宣言したのだった。


『……それで結局、伊勢の料亭で働いてるって？　しかもなに、男と同居中？』

「う……、だってその人が住んでるなんて知らなかったんだもん……」

隣の部屋で眠っている同居人を起こさないように私がボソボソ嘆けば、電話の向こうで葉月がおかしそうに笑った。

あれから二週間ほどが過ぎて、仕事にも少し慣れてきた今日この頃。私に神頼みを勧めてきた葉月が、会社のお昼休みに連絡をくれたのだった。

——ここで雇ってもらえることが決まった翌日、家族にそのことを伝えると、すごく喜んでくれた。さすがに神様たちの集まる居酒屋ということは言えなかったため、伊勢の料亭だということにしたけれど。

そして引っ越しの準備も家族総出で手伝ってもらい、万全の態勢で再び伊勢にやってきたとき、店の二階に松之助さんも住んでいるということを知ったのだった——。

「よく考えたら、住み込みの話が出たときになにか言いかけてたような気はするんだけど、まさかひとつ屋根の下になるとは思わないじゃん……」

『部屋は別々だけど、他は大体、共有なんだっけ。お風呂でバッタリ遭遇とかないの？』

「ないよ！」

語気を強めて否定した。さすがにそこは、私も松之助さんも細心の注意を払っているところだ。

『ちぇ、ないのか。ところでその男、何歳なの』

「確か二十八？　とか言ってた気がするけど……」

毎日のようにやってくるトヨさんから聞いた話を思い返しながら答えると、葉月の興奮したような鼻息が聞こえた。

『いいじゃん、二十八。ちょうどいいじゃん、二十八』

「ちょうどいいってなにが……ていうか多分、葉月が思ってるようなことは起きないよ……」

なんだか話が変な方向に逸れだしたので、私は静かに部屋を出た。少し傾斜のきつい階段を、なるべく音を立てないようにして下りていく。

『なんだ、面白くない』

「面白さを求めないでおくれ」

『……あ、そういえばさ、最近めっちゃインスタ投稿してるのは伊勢をアピールするためだったりするの？』

夜になれば神様たちのたまり場になる一階に下りて、私はいつかのように一番奥のカウンター席に腰かけた。古ぼけたカウンターの木目を指でなぞりながら、今しがた葉月に言われたことをぼんやりと考える。

「……え、インスタ？」

『今まであんまり投稿しなかったのに、急にするようになったからどうしたのかと思って。しかもやたら上手に撮ってるし、フォロワーも〝いいね！〟も増えてるから、ちょっと気になって』

「えーっと……」

葉月の口から出てくるのは、まったく身に覚えのない話だった。

誰かと間違えているのかもしれない。しかしそれを指摘するタイミングは完全に逃した気がする。そのため私は、適当に相槌を打って話を合わせることにした。

「まあ、うん。ちょっと凝《こ》ってみようかと思ったんだけど。投稿しすぎかな？」

『ううん、ただ莉子にしては珍しいなと思って聞いてみただけ。投稿あると生存確認できるし、私も伊勢行きたいなとか思うしその調子で続けてみてよ』

「そ……、そうしようかな」

『うん。まあ、元気そうでよかった。もうお昼休み終わるから、そろそろ切るね』

早口でそう言った葉月に「また連絡するね」と告げて通話を終了する。通話時間を表示する画面が消えたのを確認して、私はホーム画面に並ぶボタンのひとつをタップした。

「……インスタとか全然開いてなかったんですけど」

誰かのアカウントを私のものだと勘違いして、葉月が話していたのならそれでいい。だけどもし、それが本当に私のものだったとしたら……。

一抹の不安を覚えながらそのアプリを開く。恐る恐る画面を見れば、通知欄に見たこともない数のハートが表示されていた。

「な、な、……なんだこれ」

最後に投稿したのはいつだったか、はっきりと覚えていないほど前のことだというのに、こんな数の〝いいね！〟がつくのは明らかにおかしい。

誰かにアカウントを乗っ取られたとかだろうか。もしそうなら、早いうちに対処しないと。

そう思いながら自分のページを開いて、私は言葉を失った。

「…………」

ずらりと並んだ、神社の写真。鳥居や橋を写したものもあれば、木々の間からこぼれる日の光や池の中を泳ぐ鯉《こい》を写したものもある。

それらの写真はどれも鮮やかに色が調整されていて、周りを白色の外枠で囲われていた。もれなく【#伊勢神宮】【#本日の外宮】【#ファインダー越しの私の世界】【#写真好きさんと繋《つな》がりたい】といったタグがつけられており、位置情報までつけて投稿するという徹底ぶりだ。

いつからこんなに投稿されているのか遡ってみると、ちょうど二週間前。唐揚げとビールのおいしそうな写真が投稿されていた。

これを見て思い当たったのは、もうあの神様しかいない。

「ああもう、トヨさんは……！」

隣の席をチラリと見る。

いつの日かそこに座って興味津々で質問をしてきた衣食住の神様が、伊勢神宮の外宮でいたずらっぽく笑っているような気がした。

二杯目　並んでも食べたい朔日餅《ついたちもち》

居酒屋お伊勢の一日は、夕方に始まる。

「莉子、起きろ」

そんな声と共に、控えめに私の部屋の襖《ふすま》を叩く音が聞こえた。

でも、これはまだ大丈夫な音だ。本当に起きなきゃいけないときには、もっと大きい音が聞こえてくるはず。

まどろみの中、まだ五分は眠れそうだと判断して、私が再び夢の世界へと引っ張られたときだった。

――カンカンカン！

「おーい起きろ莉子……うわっ、相変わらず部屋汚いな！」

甲高《かんだか》い音と共に、聞こえてきたのは低い声。急に騒がしくなった外野に、仕方なしに薄目を開ける。頭まで被っていた布団の中、ぼんやりと暗い世界が広がった。

「……何時？」

「もう午後五時やっつの。はよ準備しやんと、お客さんたち来んで」

「……すう」

「おい寝んな！」

被っていた布団をバサッと剥がされる。一月下旬の冷たい空気が一気に肌を刺してきて、私は思わず跳ね起きた。

パチパチと数度まばたきをすれば、視界に入ってきたのは見慣れた金髪。私の布団を剥がした張本人は、フライパンとお玉を持って呆れたようにため息をついていた。

「……はようございます、松之助さん」

「おう」

「私、またやってしまいましたか」

「さっさと顔洗って支度してこい」

私の質問には答えず、それだけ言って部屋から出ていく。

タン、と襖が閉まる音を聞きながら、私はもう何度したか分からない寝坊に頭を抱えた。

もともと寝坊するほうではなかったはずなのに、ここに来てからというもの、こうして松之助さんに起こされる日が続いている。当初は生活リズムの変化に身体がついていけていないのかと思っていたけれど、最近は松之助さんが起こしてくれるだろうという甘えもあるような気がしてきた。

前の会社のときは、目覚ましで必ず起きて、始業一時間前に出社していた。あの頃を思うと自分がかなりのダメ人間になってしまった感じがするけれど、今のほうが断然心に余裕がある。

「ヤバい、寒い！」

声を張り上げて少し気合いを入れてから、寝間着にしているスウェットを一気に脱ぎ捨てて、タンスの中から若草色の作務衣を引っ張り出した。出勤初日に『これを着るといいわ』とトヨさんから貰ったものだ。毎日着ても汚くならないし、なぜか煙たい匂いもつかない。こんな寒い日でも羽織るだけで暖かく感じる。詳しくは知らないけれど、きっとトヨさんの力がこめられた特別な生地が使われているのだろう。

雑誌や服で散らかり放題になっている畳の上、足の踏み場を探しながら、明日こそは片付けようと心に決めて六畳の部屋を出た。

ドタドタと階段を下りて、洗面所で顔を洗い、髪を後ろでひとつに束ねて薄く化粧をする。腰にエプロンをつけながら店のほうに顔を出せば、出汁のいい匂いがしていた。

「遅くなってすみません！」

「ほんまにな」

頭にタオルを巻いて仕込みをしていた松之助さんは、そう言って私を小突く。もう一度謝ると「机拭いといて」と指示が返ってきたため、私は台拭きを手に取った。

すでにカウンターの上をちょこちょこ動いていたキュキュ丸に「おはよう」と挨拶をすれば、みんな揃って「キュキュッ」と鳴く。カウンターは働き者のお掃除隊に任せることにして、私は座敷の机を拭きにかかった。

招き猫の付喪神であるごま吉は、店先をホウキで掃いていた。「げふっ」とゲップをしているあたり、きっとまた煮干しに釣られたのだろう。

料理に関することは、今のところすべて松之助さんがやっている。たまに教えてもらうこともあるけれど、見習いの私は、接客と皿洗い、それから店の掃除をすることが主な仕事だった。

「おでんですか？」

台拭きを絞りながら問うと、松之助さんはコクリと頷く。

「今日も寒いでな。あとで味見させたるわ」

この店への想いを聞いたときにも思ったけれど、松之助さんは見た目とは裏腹に優しい。

「わ、やった！　大根がいいです！」

「お前、ほんま遠慮しやんくなってきたな」

そんな言葉と共に飛んできたチョップを受けながらへらっと笑えば、呆れたようなため息が返ってきた。

「松之助さん、ため息ばっかりついてると幸せ逃げていきますよ」

「誰のせいやと思っとるん」

「んー、心当たりないですね」

そうとぼけながら首を傾げてみせれば、さっきよりも強めのチョップが飛んできた。

伊勢神宮の参拝時間が終わる頃、紺色の暖簾を店の外に出す。ついでに赤提灯のスイッチを入れるのも私の仕事だった。

日の暮れた路地裏にぼんやりと灯るこの明かりはそれなりに目立つけれど、そもそもこの路地に人がやってくることは少ないため、人間のお客さんはほとんどいないのだそうだ。

「まあ、すっごく稀《まれ》に人間が来ることもあるんだけどね」

そう言っていつものようにビールを煽ったのは、一番乗りでやってきたトヨさんだった。

「え！　そうなんですか？」

「だって、一応実在してる店だし。この五年の間に来たのは二組だったけど」

「へえ……そういうときって神様たちはどうしてるんですか？　大人しくしてるの？」

カウンターの中から身を乗り出して、その続きを促した私に、トヨさんは空いたジョッキを掲げてみせる。おかわりを意味するその仕草を見て、次のジョッキを用意しようとすれば、すぐ隣から松之助さんが口を挟んできた。

「大人しくしとるわけがないやろ。面白がって騒ぐヤツらばっかりやわ」

「そういうときの松之助は、私たちがどんなに声を張り上げて注文しても、全然出してくれないのよ。困った店主だと思わない？」

トヨさんは、やれやれといったように首を振った。

「自分ら以外に誰もおらんはずなのに、他のテーブルに料理が置かれたら客が不審に思うやろが」

そう言われて、初めてこの店に来たときのことを思い出す。松之助さんの独り言がやたら多かった気がしたけれど、あのとき私には見えていなかったトヨさんが、きっとわーわー言っていたのだろう。

たやすく想像できるその光景に「あー……」と思わず声が漏れた。

「確かにあの状況で、自分以外のところに料理とか置かれたら、この店ヤバいってなりますね」

「そやろ」

「えー、そういうものかしら？」

小首を傾げたトヨさんは、お気に入りだという唐揚げをつまみに、おかわりのビールをゴクリと飲んだ。

そうこうしているうちに、段々と他のお客さんたちも集まり始める。ガラッと引き戸が開いて、寒い空気が入ってきたかと思えば、いつもの面々が顔を出した。

「よっす、まっちゃん莉子ちゃん！　とりあえずビールな！」

「はーい」

ぞろぞろと連れ立って座敷に上がっていくのを見て、今日もまた忙しくなりそうだと思いながら返事をする。

働きだして知ったことだけれど、伊勢神宮というのには内宮と外宮の他に『別宮《べつぐう》』、『摂社《せっしゃ》』、『末社《まっしゃ》』、『所管社《しょかんしゃ》』なるものが含まれているらしい。それら百二十五社の総称を、伊勢神宮というのだとか。

とんだ大家族だわ。しかもその全部が伊勢市内にあるわけではなくて、三重県のいろんな市や郡にあるというのだから驚きだ。

そんな訳で、うちにやってくるお客さんのほとんどは、伊勢神宮にゆかりのある神様なのだとか。トヨさんに至っては、神様界ではかなり有名なんだそう。

最初の頃はなんかそんなオーラがあったような気がしないでもないけれど、今はもうただの酒飲みにしか見えない。ほらまた「おかわり」とか言ってるし。

「あートヨさん、ちょっと待っとって。座敷のほう先に注ぐから」

「えぇー」

松之助さんの言葉に、不満そうな声を漏らしたトヨさん。ちょっとくらい待たんかい、と心の中でツッコミを入れながら、私は松之助さんから座敷の分のジョッキを受け取った。

「あれ、そういえば最近、シナのおっちゃん来てないですね」

ふと気がついて、座敷のほうにビールを持っていくついでに聞いてみると、そこにいたみんなが「あー」と口を揃えた。

「シナさんな、残業が多いんだと」

「まあ、この時季はどうしても増えるんだろうなあ」

「へえ……、神様にも残業とかあるんですね」

なんだか意外なその言葉に、率直に感想を述べる。しかし思い返してみれば、私が働きだしてすぐの頃にそういう類の話を耳にしたような気もしてきた。初詣の関係で夜間も神社が開放されていて大変なのだ、と誰かがぼやいていた覚えがある。

だけど、もう一月も終わろうとしているこの時季に残業が増えるとは、いったいどういうことだろう。

シナのおっちゃんは、いつも座敷で騒いでいるおっちゃんたちの中でも、ひときわ飲みっぷりがよくて、必ずお酒のシメにデザートを頼む甘党だ。松之助さんの作る黒みつプリンが大のお気に入りだというのは知っているけれど、どういう神様なのかちゃんと聞いたことはない。

今度来たときにそれとなく聞いてみよう、と心の中で頷きながらカウンターの中へ戻れば「もう、待ちくたびれた」とトヨさんが唇を尖《とが》らせていた。

「はいはい、お待たせ」

松之助さんがドンとカウンターにおかわりのビールを置いたのを見て、私は空いたジョッキを回収する。満足げに笑うトヨさんを見ていると、座敷のほうから声が飛んできた。

「まっちゃん！　今日おすすめあるかい？」

「ああ、おでんあるで」

松之助さんが答えると、店内がわっと盛り上がる。どうやら神様たちも、寒い日に食べるおでんが好きらしい。

「じゃあ、卵とはんぺんよろしく！　あと、餅巾着《もちきんちゃく》あるなら食べたいんやけども」

「はいよ。喉に餅詰まらさんときや」

「私は大根がいいです！」

すかさず手を挙げて主張すれば、松之助さんはチラリと私を見て、すぐに目を逸らす。

「莉子は黙っとき。さっき味見させたったやろ」

「ちっ」

どさくさに紛れてもらえるかと思ったけれど、どうやら作戦は失敗だったみたいだ。

小さく舌打ちをすれば容赦なく本日三回目のチョップが飛んできたため、とりあえず口をつぐんだ。

「あ、それなら莉子、ちょっと一杯付き合ってよ」

そう言って間に入ってきたのは、私たちのやりとりを見ていたトヨさんだった。

「は？　トヨさん、なに言って……」

「客の相手をするのも莉子の仕事なんでしょう？　いいじゃない一杯くらい。ついでに大根も食べたらいいわ」

ねえ、とトヨさんは首を傾げる。どうやらひとりで飲むことに飽きてきたらしい。

思わぬ申し出に、私は目を輝かせて松之助さんを見やる。

さっき注文されたおでんを盛りつけていた松之助さんは、少し考えるように宙へ視線を巡らせたあと、ひとつ深いため息をついてから言った。

「……これ、そっちの座敷に運んでってからな」

「え！　いいんですか？」

「このままトヨさんひとりで飲ませとったら、余計めんどくさくなるからな。一杯だけやで」

「はーい！」

正々堂々とサボる権利を得た私は、いつもより高い声で返事をする。そして松之助さんに言われた通り、ホカホカと湯気の立つおでんを座敷に運んでからトヨさんの隣に座り、とろみのある梅酒と味のしみた大根に舌鼓を打ったのだった。


「また、おいない」

お客さんを見送って、提灯の明かりをそっと落とす。紺色の暖簾を外して店内に戻ると、松之助さんが声をかけてきた。

「起きとったお客さんは、今のでみんな帰ったな」

「はい」

トヨさんに一杯付き合ってから、数時間。延々と続いていたどんちゃん騒ぎも、日付けを越したあたりから、ひとり、またひとりと脱落していき、午前二時にもなれば店の中にはいびきが響くようになっていた。

眠ってしまった神様たちにブランケットをかけるのも、毎日の仕事のひとつだった。そこにいる全員にブランケットが行き渡ったことを確認して、机の上に広がっていた食器を、なるべく音を立てないように回収する。カウンターの中へ運ぶと、ちょうど松之助さんが洗い物をしているところだった。

「それもここ置いといて。一緒に洗ってしまうで」

「了解です」

私が洗い物をすると、カチャカチャとうるさくしてしまうため、こうしてお客さんたちが眠っているときには松之助さんが洗い物担当だった。松之助さんはもう慣れたもので、流しの中に積み上がったお皿を静かな手つきで洗っていた。

私はその隣に立って、洗い終わったお皿を布巾で拭いていく。

「今日のまかない、なんにしよか」

ポツリと問いかけてきた松之助さんに、少し考えてから答える。

「なんかがっつりお肉が食べたい気分です。松阪牛《まつざかうし》のステーキとか！」

「却下《きゃっか》」

せっかく提案したのに、ばっさり退けられた。

「早っ。ちょっとくらい考えてくれてもいいじゃないですか」

ムッとして言い返せば、松之助さんはお皿を洗う手を一瞬止めて、考え込むような仕草を見せる。

「そやなあ……、却下で」

「あ、今の絶対、考えてないでしょ」

そう言った私を、松之助さんが小さく笑う。頭に巻いていたタオルはもう外されていて、松之助さんが笑うたびに短い金髪が揺れていた。

たまにお客さんの誰かが「んごっ」と鼻が詰まったような声を出すのを聞きながら、

忙しさのピークが過ぎ去った店内を眺めるのは嫌いじゃない。むしろ、こうして松之助さんとだらだら話す時間は、ほっと息抜きができて好きだった。

前の会社にいたときは、先輩たちと雑談をするなんて、たとえそれが休憩時間であっても考えられなかった。そんな余裕はなかったし、仕事ができなくて迷惑をかけているという申し訳なさがついてまわって、肩の力を抜いて話ができたことなんて一度もない。

今こうして素を出して話ができているのは、仕事が楽しいというのはもちろん、松之助さんの人柄のおかげも大いにあると思う。

洗い物が終わったら、松之助さんが作るまかないをおいしく食べて、参拝時間の始まる朝五時前に神様たちを起こして店じまいをする。

通常であれば、そうしてこの店の一日が終わっていく……はずだった。

「まっちゃん莉子ちゃん！」

急にガラッと開いた店の入り口。静かだった店内に大きな声が響き渡った。

「え、は、何事！」

「おい、うっせーぞ眠れんやないか……ってあれ、シナさん？」

入り込んできた冷たい風に飛び起きた神様たちが、その声の主を見て不思議そうに首を傾げる。

数時間前に話題にのぼった残業続きの神様が、今にも泣きそうな顔をして、店の入り口に立ち、こう言った。

「もうやってられん。なんか甘いもんくれ！」


私が『シナのおっちゃん』と呼ばせてもらっている常連さんの正式な名前は『級長《しな》津彦命《つひこのみこと》』というらしい。全国各地で祀られているらしく、伊勢神宮でも内宮の『風《かざ》日祈宮《ひのみのみや》』と外宮の『風宮《かぜのみや》』に祀られているそうだ。

「ん？　神様って、そんないろんなところに祀られてるものなんですか？」

松之助さんお手製の黒みつプリンを出しながら問いかけると、カウンター席に腰かけてシナのおっちゃんは頷いた。

「神にもよるけどな。俺はその昔、農業に風が必要だからっつーことで祀られてたわけだけども、でっかい戦《いくさ》があったときにぴゅいっと神風吹かせちまったからさ、今じゃ日本を守護する神っつって各地で祀られてんだわ。確かその戦は『元寇《げんこう》』とか言って、教科書とかにも載るくらい有名な戦でなあ」

「ちょっとシナさん、その話、もう耳にタコができるくらい聞いたわよ」

そう口を挟んだのは、シナのおっちゃんの大声で起こされたトヨさんだった。お冷を飲んで少し酔いが醒めてきたのか、いつもより落ち着いたトーンの声をしている。

座敷は他の神様たちが寝転んでいて座る場所がなかったため、シナのおっちゃんはトヨさんの隣のカウンター席に座っていた。

「なんだい、トヨちゃん。自慢話くらいさせてくれてもいいだろーよ。あの戦では、けっこう活躍したんだぞ」

「はいはい、分かったからとりあえずそれ食べなさいよ。莉子がせっかく出してくれたんだから」

「むむ、それもそうか。莉子ちゃん、いただくよ」

「あ、はい、どうぞ」

まあ私が作ったわけじゃないんですけど、と心の中でつけ足しながら、黒みつプリンをスプーンですくって口に運んでいくシナのおっちゃんを眺めた。

さっきの話を聞いた感じでは、シナのおっちゃんは〝風の神様〟ということなのだろう。しかもおっちゃんの武勇伝に出てきた戦の名前は、私にも聞き覚えのあるものだった。

元寇って歴史のテストによく出てきたから、『チンギスハン』とか『フビライハン』とか、その辺と一緒に覚えたような気がする。それだけ大きな戦で活躍したなんて、きっとすごい神様に違いない。

でも、シナのおっちゃんの話をちゃんと聞いていたらまるまる一日潰れそうだし、面倒くさいので話半分に流しておくことにする。

「くう……甘いもんが身に沁みる……。やっぱ、ここの黒みつプリンは絶品だな」

シナのおっちゃんは、そう言って目を閉じた。

私たちのやりとりを見ていた松之助さんは、おっちゃんからの褒め言葉に口元を緩めている。どうやら嬉しいらしい。シナのおっちゃんはいつも座敷にいるから、こうして反応を見るのは新鮮なのだろう。

「おっちゃん、飲み物はどうするん？」

松之助さんにしては珍しく、カウンターから少し身を乗り出して問いかける。

「あー、ブランデーとか飲みたい気分だけどな、ちょっともしたら出勤するし、酔っ払ってったらカミさんに怒られるし、温かい茶とかないかい」

「お茶か。淹《い》れるわ」

松之助さんは頷いてゴソゴソと棚を漁り、茶缶を取り出した。

ポットから湯呑《ゆの》みにお湯を注ぎ、茶葉を入れた急須にお湯を移していくのを目で追いながら、私はふと浮かんだ疑問を口にする。

「シナのおっちゃん、最近忙しかったんですか？　残業が多いらしいって他のお客さんたちから聞いたんですけど」

「いっそがしい忙しい！　ここ最近はかなり忙しかったなあ。冬は人間の身体が弱りやすい時季だから特に」

「えーっと、つまり……どういうことですか？」

言っている意味がよく分からなくて首を傾げると、シナのおっちゃんはズッコケた。

「なんだい、莉子ちゃんは全然俺らのこと知らんっつーことか」

「ほとんどの人間はそんなもんやって。はい、熱いで気をつけてな」

松之助さんがお茶を出しながら私をフォローしてくれる。

神様と関わる仕事をしていながら神様のことを全然知らなくてすみません、という意味を込めて私がぺこりと頭を下げると、シナのおっちゃんは湯呑みを手に語りだした。

「俺は風の神として祀られているんだけれども、いつからか風と同じ読みの、病気の〝風邪〟の神としても信仰されるようになってな。風の神なら風邪も治してくれるんじゃねぇかっつーシャレみてーなもんで。この時季になると、いつもより来る人間の数が増えんだわ。まあ、みんなこの俺に頼ってきてるわけだから、嫌な気はしないんだけどもな！　はっはっは……あっちい！　あっちいぞ、この茶！」

「だから気をつけてなって言うたやん……」

勢いよく湯呑みを傾けて熱いと騒ぐシナのおっちゃんに、松之助さんは呆れながらお冷を渡す。

話が長くてまた半分くらい聞き流していたけれど、結局シナのおっちゃんは風の神様でもあり、風邪の神様でもあるということか。だから風邪の流行るこの時季に、残業が増えているのだろう。

「ふう、熱かった……。ま、そういう訳でさ、目まぐるしい毎日を送っているわけだよ俺は。分かるかい？」

「あ、はい、なんとなく」

「おいおい、なんとなくかよ。頼むぜ、莉子ちゃん」

シナのおっちゃんは豪快に笑いながら、隣に座るトヨさんの肩をバシバシと叩いた。関係ないのに叩かれたトヨさんは眉間に皺《しわ》を寄せて、ひどく迷惑そうな顔をして口を開く。

「それはそうとシナさん、あなた奥さんに甘い物とお酒は止められてるんじゃなかった？」

その言葉に、黒みつプリンを幸せそうに食べていたシナのおっちゃんの手が止まる。ぎくり、という音まで聞こえたような気がした。

「え、そうなんですか？」

「は？　おっちゃん、いつもガバガバ飲んどるやん」

私と松之助さんは揃って眉根を寄せた。

「まあね、シナさんは奥さんに隠せてると思って飲んでるみたいだけど、社《やしろ》にいると聞こえてくるのよ。奥さんに叱られてる声が」

「………」

目を左右にキョロキョロと動かして、分かりやすく動揺しているおっちゃんの様子から、トヨさんの言うことは決して嘘ではなく、奥さんに口酸っぱく言われているのだということが容易に想像できた。

そうか。トヨさんの祀られている外宮の敷地内に、シナのおっちゃんが祀られている風宮もあるって話だったから、人間でたとえると同じフロアで働いているようなものなんだろう。

「昔は『風雲児《ふううんじ》』とか呼ばれてたけど、今は全然風に乗れそうな体型じゃないし、奥さんが止めるのも分かる気がするわ」

トヨさんはそう言って、シナのおっちゃんのお腹に視線を向けた。

つられて私もカウンターの中から覗き込むようにお腹を見ると、なるほど、確かにふくよかだった。

「それだったら、もう黒みつプリンも下げたほうがいいですか？」

「や、やめてくれ！」

私が器を下げようとすれば、それまで黙っていたシナのおっちゃんはプリンを守るように腕で隠す。

「頼む、それだけは勘弁してくれよ。ここ最近仕事ばっかで、休まるときが全然なかったんだって。ここでだらだらすんのが俺の一番の楽しみなんだわ」

その言葉に、私の隣で松之助さんがピクリと反応を示した。チラリと表情を窺《うかが》うと、いつもは少しきつそうに見えるつり目が、ちょっと緩んでいるようだった。

神様たちがだらだらできる場所を作りたい。そんな想いでこの店を作った松之助さんにとって、今のおっちゃんの言葉は最上級の褒め言葉だったのだろう。

「それに、疲れたときには甘いもんって言うじゃねーか、ちょっとくらい目ぇつむってくれよ」

な、と懇願するように両手を合わせたシナのおっちゃんに、トヨさんが「叱られても知らないわよ」と茶化す。

疲れたときに甘い物を食べたくなる気持ちは分かるので、それ以上なにも言えなくなってしまった私は、出しかけていた手を引っ込めた。仕事に追われ、奥さんには叱られる日々を過ごしているおっちゃんが、ここでは気を緩められるというのなら、見習い店員としても嬉しい限りである。

もしかしたら松之助さんもそんなふうに考えて、なにも言わずにいるのかもしれない。

「ほどほどにしといてくださいね」

「おうよ！　明日はまた一段と忙しくなるだろし、これ食べて元気出してくわ」

にいっと笑って返事をしたシナのおっちゃんは、安心しきった顔をして黒みつプリンを再び頬張った。

「ああ、明日からもう二月か」

不意に松之助さんが、座敷のほうに貼ってあるカレンダーを見て呟いた。

日付けを越したから、今日は三十一日だ。あっという間に過ぎていった一月を思い返しながら、私は「早いものですね」と相槌を打つ。

「朔日参《ついたちまい》りもまたすごい人になるんちゃうか」

松之助さんの問いかけに、トヨさんが腕組みをしながら答える。

「んー、どうかしら。朔日参りって、今はもう門前町が目当ての人ばっかだし、二月はそんなに多くないイメージなんだけれど」

「そうかあ？　朔日参りはいつだって人間が多いと俺は思うけどね」

そう言って口を挟んだのは、シナのおっちゃんだった。

「……〝朔日参り〟？」

私はみんなが口にした聞き慣れない言葉に、首を傾げた。

なんだろう。話の流れ的には、伊勢神宮のイベントのようなものかと思ったけれど。

「……莉子ちゃんは朔日参りも知らんのかい」

ちょっとがっかりしたようなシナのおっちゃんの顔を見て、無知であることを申し訳なく思いながら、正直に頷く。

「朔日参りっていうのは、まあ言葉の通りなんやけど、毎月一日の早朝に参拝するっていう伊勢の風習のこと。門前町もそれに合わせて朝粥《あさがゆ》用意したり、朝市したりしとって、けっこう盛り上がっとるもんで、いつもより観光客も多くなるんさな」

「へえ……！　なんかちょっと楽しそうですね」

松之助さんがしてくれた説明に心を躍らせていると、お冷を飲んでいたトヨさんもそれを補足するように口を開いた。

「無事にひと月過ごせたことに感謝して、清々しく新しい月を迎えられるように、ってことで朔日参りなんだけどね。最近の子たちは朝市と朝粥と朔日餅しか眼中にないから、もう本当やんなっちゃうわ」

「なんかすみません。……ところで〝朔日餅〟っていうのはなんですか？」

ぷくっと頬を膨らませて拗ねているトヨさんに、最近の子を代表して謝ってから、再び気になった言葉を尋ねる。名前からして、きっとおいしいものなんだろう。

食い意地を前面に押し出して質問した私に、今度はシナのおっちゃんが答えた。

「んーっと、『赤福《あかふく》』っつーのは、さすがに莉子ちゃんも知ってるかい？」

「あ、赤福は知ってます。三重のお土産でよくもらうお餅ですよね？」

今までに何度か食べたことのある、こしあんに包まれた柔らかいお餅を想像して聞き返すと、おっちゃんは大きく頷く。

「それそれ。その本店で毎月一日に限定販売される菓子があるんだわ。しかも月によって種類が違うから、毎回長蛇の列らしいぞ。七月は『竹流し《たけなが》』っつって、水羊羹が竹に流し込まれてるやつでな。十月の『栗餅《くりもち》』はもち米の食感も残ってて人気だって聞いた。ちなみに二月は『立春大吉餅《りっしゅんだいきちもち》』っつー二種類の豆大福でな、これがまたうまいらしい」

「おっちゃん、かなり詳しいですね」

「いやまあ、たまたま人間が話してるのが聞こえて、それで耳に残っててだな！　別に気になって調べたとかそういうんじゃねーからな！」

白々しく言い訳をするシナのおっちゃんの目は輝いていて、どうやらかなり朔日餅のことが好きらしい。

こうやってプレゼンされると、私もだんだんと朔日餅が気になってきた。一日限定のお餅だなんて、おいしくないはずがない。

「包み紙には伊勢千代紙が使われてて、これがまた個性的で可愛いのよね」

そう言って、いつの間にか勝手に私のスマホをいじっていたトヨさんが【#朔日餅】で検索をかけた画面を見せてきた。ずらりと並んだお餅の写真はおいしそうで、トヨさんの言う通り包み紙もおしゃれで目を引く。

「おっちゃんは何月の朔日餅を食べたことがあるんですか？」

味の感想も聞いてみたくて、そんな問いかけをしてみる。するとシナのおっちゃんは、器に残っていた黒みつプリンをすべて平らげてからこう言った。

「食べたことはない」

「え、そうなんですか？」

かなり詳しく語っていたから、てっきり食べたことがあるのかと思っていた。ちょっと意外なその答えに驚いていると、隣で松之助さんが面白そうに笑った。

「莉子、忘れとるかもしれやんけど、そこにおんの神様やでな」

「……あ」

残業続きでしんどいとか、奥さんにお酒と甘い物を止められているとか、その辺のおじさんたちと変わりないことを言っていたから、すっかり忘れていたけれど。そういえばそうだった、ここにいるのは神様だった。

私にも松之助さんにも見えているけれど、他の人たちには見えていない存在なわけだから、朔日餅の行列に並ぶこともないのだろう。

「そうなってくると、ますます気になりますね。私も食べてみたいな」

「二月の包み紙はちょっと春っぽくて可愛いのよね。インスタ映えしそうだし」

「まあそんだけ人間が並ぶんだったら、どんなもんか気になるよな。甘くてうまいんだろうな」

「……買うてきたらええやん」

トヨさんとシナのおっちゃんと、まだ見ぬ朔日餅に想いを馳《は》せていれば、私の隣で松之助さんがポツリと呟いた。

「え？」

思わず聞き返すと、頭に巻いていたタオルを外しながら、松之助さんは私に視線を向ける。

「莉子、明日仕事抜けてもええから、買うといで」


どうしてちゃんと調べておかなかったのか、数時間前の自分に問いただしたい。

「おい莉子ちゃん、もっと早く走れねーのか」

一月三十一日、夜中の十一時半。冷たく澄んだ空気が、容赦なく肌を刺してくる。

「いや、飛んでいる風の神様と同じスピードで走れるわけがないでしょうが！」

「しっかり太もも上げて走れよ」

私の隣でふよふよと飛んでいるシナのおっちゃんは、くあっと欠伸をひとつして、急かすように言った。

どうしてこの寒空の下、全力疾走することになったかというと、話は少し前に戻る。

——松之助さんからお許しをもらった私は、いつも通り夕方に起きて店の手伝いをしながら、お客さんたちと日付けが変わるのを待っていた。

そんなとき、今日も残業で少し遅れてやってきたシナのおっちゃんが言ったのだ。

なにやら本店前に人が集まっていた、と。

『そんな早くから集まってどうするのよ。まだ日付けだって変わってないのに』

唐揚げをつまみながら呆れたように言ったトヨさんに、大半のお客さんたちは同意していた。だけどあまりにも熱心に『いや、ほんとにすげー数の人間が集まってたんだって』とシナのおっちゃんが言ったのが気になって、とりあえず調べてみることにしたのだ——。

その結果がこれである。

「前日の午後五時から列整理券の事前受付が始まってるって、どういうことなんですか！」

なんでそんな時間から始まってるの、とか、列整理券の事前受付ってなに、とか、ツッコミを入れだしたらキリがない。どうやら朔日餅の購入方法は、ただ行列に並べばいいという話ではないようで、まずは受付番号票というものを手に入れなければならないらしい。

「口動かす前に足を動かせ、足を」

「もうややこしすぎて頭パンクしそうです」

「ええい、莉子ちゃん。もうええわ、俺に掴《つか》まんな！」

全然スピードの上がらない私に、しびれを切らしたらしい。シナのおっちゃんはそう言って、私に右腕を差し出した。

「引っ張っていってくれるんですか？　ありがとうございます」

「おうよ。落ちねえように気をつけてな！」

「……落ちる？　って、わ!?」

てっきり手を引いて走らせてくれるのかと思ってその腕に掴まれば、身体がふわっと宙に浮いた。その感覚が怖くて、掴んだ手に力を込めると、そのまま猛スピードで風を切っていく。

「え、ちょ、飛んでる!?」

「舌噛《か》むんじゃねえぞ」

シナのおっちゃんの腕にしがみついて、飛ぶこと体感五秒。あっという間に目的地近くの小道に到着した。

「す、すごい……。さすが風の神様ですね……！」

降ろしてもらいながら感想を口にすれば、おっちゃんはまんざらでもなさそうに「そうか?」と頭をかいた。

メインの通りに出て、石畳の上を走っていけば、常夜燈の近くに人の姿が見えた。そのすぐ目の前にある古い建物が、赤福の本店である。

「あそこですね」

「おう、急げ急げ」

シナのおっちゃんと一緒にそちらへ近づくと、係の人の「こちらで受付番号票を配布しています」という声が聞こえてきた。

数人が並んでいたので、私も息を整えながらその後ろに並んだ。

「名前を言ってから、紙と交換って感じなんだな」

並んでいる人たちが、自分の名前を係の人に伝えているのを見て、シナのおっちゃんが物珍しそうに言う。

「そうみたいですね。きっちりしてるなあ」

私もその様子に感心しながら相槌を打つと、前に並んでいたカップルらしき男女がこちらをチラリと振り向いた。

「……?」

いったいなんだろう、と首を傾げる。

しかしふたりは特になにを言うでもなく、怪訝《けげん》そうな顔をしてそのまま前へ向き直った。

え、今のなに……？

ふたりがなぜ振り向いたのか、そしてなぜあんな顔をしていたのか、まったくもって理解できず、私はポカンと口を開けた。

「んん？　今のはどういうこった？」

シナのおっちゃんも、前に並んでいるふたりの行動に小さく首を傾げる。

「いや……」

私もよく分からないです、と小声で返事をしようとして、ハッとした。

神様って、他の人には見えていないんだった。ついでに声も聞こえていないはずだ。

ということは、他の人から見たら今の私は〝相手もいないのにひとりで勝手に話している変な人〟に違いない。

前に並んでいるふたりが怪訝そうな顔をしていたのも、『こいつ、独り言大きいヤバいヤツじゃね？』といったところだろう。

「おい莉子ちゃん、順番来てんぞ」

おっちゃんが私を呼ぶ声が、遠く聞こえる。

「はい、次の方お名前お願いします」

「恥ずかしすぎる……」

「え？」

世間にヤバいヤツだと思われてしまった。その羞恥心に頭を抱えていれば、真正面から男の人の声がした。

「……え？」

顔を上げると、もう私の前に並んでいる人はいなくて、不思議そうな顔をした係の人が首を傾げて立っている。

「おーい、莉子、大丈夫か？」

完全に固まった私の背中を、シナのおっちゃんがバシバシと叩く。

その声に促されてようやく、私は消え入るような声で自分の名前を告げ、なんとか受付番号票を手に入れることができたのだった。


「三二〇番か。これって全体のどの辺になるんやろなあ」

いったん店に戻って、手に入れた受付番号票を松之助さんに見せると、そんな言葉が返ってきた。ストーブの前で暖まっていた私は、首をひねりながら答える。

「さあ、分かんないですけど。ていうかそれ、一番詳しいのは松之助さんじゃないですか？　生まれも育ちも伊勢なんですよね？」

「まあそうやけど、俺はこういうの全然興味なかったでなあ」

「なんだい、当てになんねーなあ」

シナのおっちゃんは不満げに言って、松之助さんに淹れてもらった温かい緑茶を口にした。朔日餅を存分に味わうため、今日は甘い物とお酒をやめておくらしい。

「それより莉子たち、ここでゆっくりしてる時間ってあるの？」

「あ、はい。次は三時半に本店前に行って、この受付番号票と列整理券を交換してもらうみたいなんですけど、それまでは暇なので」

「その、受付番号票？っていうのと列整理券っていうのは別物なのね」

「多分そうなんだと思います」

トヨさんは受付番号票を興味深そうに覗き込みながら、本日何杯目か分からないビールをぐいっと飲み干した。

「それじゃあちょうどよかった。莉子、一杯付き合ってよ」

「ええ、またですか？」

困った口調で言いながらも、実は『トヨさんナイス』と内心ガッツポーズをしつつ松之助さんを窺えば、「あーはいはい」と渋々の頷きが返ってくる。

「それじゃあ、なにか身体が温まるものも食べたいです！」

「ほんま、そういうとこちゃっかりしとんな」

挙手して注文した私に、松之助さんは苦笑いを浮かべた。

「うわあ、すごい人！」

二月一日、午前三時半。受付番号票を握りしめて本店前へ向かうと、すでに大きな人だかりができていた。まだ辺りは真っ暗だというのに、そこだけすごく賑やかで活気にあふれている。

係の人が番号を順番に読み上げていくのを聞いて、自分の番号が呼ばれたら受付番号票と列整理券を交換してもらうというシステムらしい。注意書きによれば、番号を呼ばれたときにその場にいないと無効になってしまうそうだ。

「こりゃ、耳の穴かっぽじって聞いとかねーとだな」

「そうですね。聞き逃さないようにしましょう」

さっきトヨさんに付き合って少しお酒を飲んだからか、それとも人が大勢いるからか、受付番号票をもらいに行ったときよりも寒さは感じない。

「四十五番、山田《やまだ》さーん。四十六番、高橋《たかはし》さーん——」

係の人が大きな声で番号と名前を読み上げていく。呼ばれた人たちは手を挙げながら前に出ていた。

「……なあ、これ俺たち呼ばれるの、だいぶ後ろのほうなんでねーかい？」

「うーん、ちょっと早く来すぎたような気もしますけど、もしこの場を離れてる間に呼ばれたらと思うと……」

「まあ確かになあ」

澄んだ空気の中、そんな話をしながら自分の番号が呼ばれるのを待つ。

周りにいる人たちもみんな同じように待っているのかと思うと、なんだか少し面白い。朔日餅を買うためだけにこれだけの人が伊勢にやってきて、こんな朝とも呼べない時間から、紙切れ一枚に集まっているだなんて。

「それにしても、餅ひとつ買うだけで、すげえ数の人間が集まるんだなあ」

シナのおっちゃんも、さらに大きくなっていく人の輪を見ながら、感心したように呟いていた。

そうこうしている間にも、どんどんと番号が呼ばれていく。券を交換し終えた人はその場から離れていくため、少しずつその場にいる人の数は減っていった。

「三〇七番、……」

「お、もうすぐじゃねーか?」

寒空の下、じっと待っているだけでは身体が冷えてくる。すっかりかじかんだ手で握りしめていた受付番号票を見て、シナのおっちゃんが声をかけてきた。私はそれに頷いて、係の人の声にじっと耳を澄ませる。

「……三一九番、佐藤《さとう》さーん。三二〇番、濱岡さーん」

「はい！」

自分の番号が呼ばれた瞬間に手を挙げた。周りの人が道を空けてくれるのにペコペコと小さく頭を下げながら、係の人のところへ急ぐ。

「濱岡です」

「はい、こちらをどうぞ」

そう言って渡されたのは、列整理券と書かれた黄色い紙だった。ようやく交換できたことにほっと息を吐いて、とりあえず人混みから離れる。

列整理券には、さっきの受付番号と同じ番号が大きく書いてあって、午前四時半になったら番号の順番に並ぶようにと説明がしてあった。さらに、開店したときに列に不在の場合は無効になるということ、売り切れの場合もあるということが注意書きされている。

「えーっと、つまりこれで私は列に並ぶ権利を得たというだけで、必ずしもお餅を買えるというわけではない……ってことですかね」

「はーん、なんか難しそうだな」

「他人事みたいに言いますけど、おっちゃんも並ぶんですよ、これ」

「分かってるって、大丈夫だいじょーぶ」

シナのおっちゃんはふよふよと漂いながら頷いた。

本当に分かってんのかな、この神様は。

「それより莉子ちゃん、朝市がもう始まってんじゃねーのか？」

私がジト目で見ていると、おっちゃんが少しそわそわした様子で私の服の袖を引っ張った。

周りを見渡せば、朝市と大きく書かれたのぼり旗があちこちに立っていて、少しずつお店も開き始めている。

いつもと違う門前町の姿に、私の心も弾んできた。

「本当だ、なんかワクワクしますね」

「行ってみよーぜ！」

「まあせっかくだし……って、え、ちょっとシナのおっちゃん!?」

ビュウッとひときわ強い風が吹いたかと思えば、ついさっきまで隣にいたはずのおっちゃんの姿が消えていた。周りにいた大勢の人々も、突然の強風に驚きの声を上げている。

「えっと、おっちゃんはどこに……？」

「おーい莉子ちゃん！」

「おわっ」

また強い風が吹いたかと思えば、消えたはずのシナのおっちゃんが私の隣に戻ってきていた。キラキラと目を輝かせているのを見るに、どうやらさっきからの風は、このお祭りみたいな雰囲気に興奮した風の神様が巻き起こしているものらしい。

「ザッと見てきたけど朝市ってすげーなあ！　うまそうなもんがいっぱいだぞ！」

「いや、普通に寒いんで落ち着いてもらっていいですか」

私が両肩をさすりながら言うと、シナのおっちゃんはパチクリとまばたきをしてから辺りを見回す。

「おお、こりゃすまねーな」

みんなが寒がっているのを見て、ようやく状況を理解したらしい。シナのおっちゃんは豪快に笑いながら、私の肩をバシリと叩いた。

「俺、じっとしてんの苦手なんだよ」

『五十鈴川《いすずがわ》』にかかる『新橋《しんばし》』を渡って、少し道を折れたところ。大行列の真ん中辺りで、私の隣にいる風の神様はそんなことを言いだした。

「並び始めて五分も経ってないんですけど」

周りの人に怪しまれないようにスマホを耳に当てて電話するフリをしながら言うと、シナのおっちゃんは「だってよー」とつまらなさそうに唇を尖らす。

「もう店開いてんだろ？　なのにこの列、全然動かねーじゃねーかい」

「いや、それを私に言われましても」

朝市をふらりと見て回り、なにか買っていこうかと迷っている間に列に並ばないといけない時間がやってきた。本店の前から百番単位でプラカードを持った係の人がいて、それを目安に列を作るという感じだったのだけれど、その時点ですでにシナのおっちゃんはぐずり始めていた。

「たかが餅のためにこんな並ぶか？」

「でもシナのおっちゃんだって、朔日餅を食べてみたくて仕方なかったんでしょ」

小さい子をあやすお母さんの気持ちがなんとなく分かるような気がする。

ぼんやりとそんなことを思いながら、私はふと浮かんだ案を呟いた。

「そうだ、ゲーム」

「なんだって？」

「えーっと、私たちはこういうとき、暇つぶしでゲームしたりするんですけど……神様って、そういうのします？」

すぐ近くに他の人がいることも考えて、『神様』というあたりを小さく言えば、シナのおっちゃんは首を傾げた。

「そもそも俺は、暇なときっつーのがあんまりねーな。こう見えて多忙なんだよ、俺は」

「へえ」

「自分から聞いといて、興味なさすぎねーか」

　ふて腐れたように呟いたおっちゃんを適当にあしらいながら、こういう待ち時間によくやるゲームを思い浮かべた。

「うーん、なにがいいかな、人狼《じんろう》とかピンポンパンゲームとか好きだけど、私とおっちゃんしかいないし……」

「ちょっとは話聞いてくれよ」

「あ、無難にしりとりでもしますか」

　比較的少ない人数でできて、なにも道具を使わないシンプルなゲームを提案すれば、おっちゃんはこう言った。

「いや……まあいいか。そのしりとりってやつは、どうすんだ?」

　少し列が動くのに合わせて進みながら、私は簡単にしりとりの説明をする。

「例えば、リンゴって私が言うとするでしょ? そしたらおっちゃんは、〝ご〟から始まる言葉を言うんです。ゴリラとか、ごまとか。でも、ごはんみたいに〝ん〟で終わる言葉を言っちゃうと、次の人が続けられなくなるので要注意です」

「ふむ。最後に〝ん〟がつく言葉を言ったほうが負けっつーことだな」

意外と飲み込みのいいシナのおっちゃんはそう頷いて「早速やんぞ」と急かすように言った。

「じゃあ、朔日餅の〝ち〟からで」

「ち、ち……チーズケーキ」

初っ端から甘い物好きのおっちゃんらしい言葉が出てきたことに思わず笑いそうになりながら続きを探す。

「き、キツネ」

「ね？　ね、……ねぎとろ」

「ねぎとろ!?　えー、ろ、ろ、ロケット！」

予想外のねぎとろに動揺しつつ言葉を返せば、シナのおっちゃんは腕組みをして少し考え込むように俯《うつむ》いた。かと思えば、ひらめいたのか、急に顔を上げてこう言った。

「とり皮、トウモロコシのバター醤油炒《いた》め、……あ、とんこつラーメンでもいいな！」

「……ちょっと待っておっちゃん」

さっきから言葉のチョイスがおかしいとは思っていたけれど……。

「ん、なんだ？」

「これ、食べたい物を言うゲームじゃないんですけど。あと、とんこつラーメンは〝

ん〟がつくから負けです」

　私が指摘すると、シナのおっちゃんは「しまった」と顔を両手で覆った。

　思っていたよりも呆気なくゲームが終わってしまい、なんとも言えない空気が私たちを包む。

　耳に当てたままだったスマホで時間を確認すると、まだ午前五時を少し過ぎたところだった。列はちょこちょこ進んでいるものの、店に辿り着くのはまだまだ先のことだろう。

　どうやってこれからの時間を過ごそうか、頭を悩ませていたときだった。

　――ブー、ブー。

　手に持っていたスマホが震えだした。着信を知らせる画面には、私の知らない番号が映っている。

　こんな朝早くから電話をかけてくるなんて、いったいどこの誰だろう。セールスだとしたら、もっと人が起きてそうな時間にかけてくるだろうから、多分違うよなあ。

「それ、出なくていーのか？」

　出ようか出まいか迷っていると、シナのおっちゃんが隣から私のスマホを覗き込んで「急用かもしんねーぞ」と呟いた。

　そう言われると出たほうがいいような気がして、私はゆっくりと通話ボタンをタップした。

「……もしもし」

『莉子？　俺、松之助やけど』

電話の向こうから、少し慌てたような声が聞こえてきた。機械を通しているからか、いつも聞いている声より低く感じるけれど、しゃべり方や声の質が聞き慣れたものと一致する。

「あ、え、松之助さん？　……って、私の番号知ってましたっけ？」

『いや、ちょっと急ぎの用があってな、トヨさんに聞いた。ほら、莉子のスマホをいつも勝手に触っとるから』

それで納得した。確かにトヨさんは隙あらば私のスマホを触って、しつこいくらいに使い方を聞いてくるし、なんなら今では私よりも詳しいんじゃないかってほど使いこなしているから、電話番号もどこかを触った拍子に見て覚えていたのだろう。

「記憶力すごいですね、トヨさん」

『まあ、その辺は神様やからな……っていうのは置いといて』

「あ、なにか急ぎの用があったんでしたっけ」

本題を忘れそうになって聞き返すと、松之助さんが少し焦ったように言った。

『シナのおっちゃん、まだそこにおる？』

「え？　はい、隣にいますけど……」

チラリと隣を見れば、おっちゃんは相変わらずふよふよと浮いている。

『あー……。ちなみに今、どの辺に並んどる？』

「えっと、橋を渡って道を折れたところにいますけど……」

それがどうかしたのだろうか。

話の核が見えず、首を傾げたときだった。

「おわっ」

ビュウッとひときわ強い風がまた吹いた。あまりの強さに思わず一瞬、目をつむる。

「ちょっとあんた、こんなとこでなにしてんの！」

しかしその直後に聞こえてきた怒号に、閉じたはずの目をすぐに開くことになる。

そこにいたのは、シナのおっちゃんと同じような白い服を着て、ふよふよと宙を漂っている、恰幅《かっぷく》のいい女の人。いや、宙を漂っている時点で人間ではないのだろうけれど、まさに〝おばちゃん〟という言葉がぴったり似合う。

『……莉子、多分そこにおんの、級長戸辺命《しなとべのみこと》っていう神様』

松之助さんの声に諦めの色がにじむ。

「へ？」

『シナのおばちゃんって俺は呼んどるんやけど……シナのおっちゃんの奥さんやで』

電話の向こうで松之助さんがそう言うのと、強い風がもう一度ビュウッと吹いたのは、ほぼ同時だった。

「もう、あんたはほんとに！　参拝時間始まってるっていうのに、フラフラとほっつき歩いて！　そんでなに朔日餅の列に並んでんの！」

これ、列に並んでいる他の人たちに見えていなくて本当によかった。そう思ってしまうほどの迫力で、おばちゃんはまくし立てていた。

「いや、それは……」

おっちゃんは、目に見えてしょんぼりしている。それを見るとなんとなく可哀相な気がするけれど、下手に助けて私まで怒られたらたまったもんじゃない。

「甘いもんとお酒はやめときって、この前も言ったでしょが！」

シナのおばちゃんがおっちゃんを叱るたび、辺りに強い風が吹く。川が近いこともあり、なかなかに寒い。

「しかもこんな若い女の子を寒い中付き合わせて、まったくもう！　えっと、莉子ちゃんだったかしら、うちの旦那が迷惑かけてごめんなさいねえ」

「あ、いえ……」

おばちゃんに突然話しかけられたことに戸惑いながら答えていると、橋のほうから松之助さんが走ってくるのが見えた。店を閉めてすぐに慌てて来てくれたのだろう、腰にエプロンをつけたままだ。

「あなた、松之助くんのとこで働いてるのよね？　またお詫《わ》びに伺うわ！」

「あ、えっとお構いなく……」

「本当ならもう少しお話したいところなんだけど、もう参拝時間始まっちゃってて、私たち急ぐから」

早口でそう言ったかと思えば、おばちゃんはおっちゃんの首根っこを引っ掴んだ。その様子をポカンと眺めていれば、また強い風が吹く。

「それじゃあ莉子ちゃん、これで失礼するわね！」

おばちゃんのそんな声が聞こえたかと思えば、もうそこに夫婦の姿はなかった。代わりに、見慣れた金髪がひょこひょことこちらへ向かってくる。

「すまん莉子、ちょっと気づくの遅かったわ」

息を切らしながら謝る松之助さんの手には、スマホが握られていた。今まで松之助さんがスマホを使っているところを見たことがなかったため、てっきり持っていないのかと思っていたけれど、そういうわけではなかったらしい。

「いえ、大丈夫ですけど……なんか嵐のような夫婦ですね……」

すっかり冷えてしまった手に、はあっと息を吐きかける。

周りの人々もそれぞれ足踏みをしたり、腕を組んで引っついたりして身体を温めながら、なかなか進まない大行列に並んでいた。

「まあ風の神様やからなあ」

「なかなか強烈な風の神様ですね……」

「ん、手ぇ出してみ」

ぼんやりと呟いた私に苦笑いを浮かべた松之助さんが、ズボンのポケットを漁りながら言った。

反射的に手を差し出せば、貼らないタイプのカイロが置かれる。

「わああ、あったかいです。生き返る……」

「それはよかった」

「え、でもこれ、私が持っててていいんですか？」

指先からじんわりと温まっていくのを感じながら聞くと、松之助さんは不思議そうな顔をして頷いた。

「莉子のために持ってきたんやで、いいに決まっとるやろ」

『なにを当たり前なことを』とでも言いたげな表情に私はジーンときてしまって、思わず言葉を失った。

私のために持ってきてくれたのか。そう心の中で反芻《はんすう》して、ギュッとカイロを握りしめる。

　この気遣いや思いやりは、松之助さんにしてみたら当然のことで、誰にでもする何気ないことなのかもしれない。だけど、そうやって大切にしてもらえる存在に私もなることができている。その小さな事実が、今の私には無性に嬉しかった。

「……ありがとうございます」

　小さくお礼を言った私に、松之助さんは「うん」とやっぱりなんでもないことのように頷いた。


『あー、疲れてるときにそういうちょっとした優しさ見せてこられるとダメだね、分かる』

「だよね。不覚にもキュンとしてしまったんだけど、これは仕方ないよねぇ」

　まだ少し眠たい目をこすりながら、店のカウンター席に腰かけてスマホを耳に当てる。電話の相手は例のごとく、昼休み中の葉月だ。

　結局あのあと、大行列に並ぶこと一時間。私と松之助さんが朔日餅を手に入れることができたのは、六時過ぎのことだった。

『ところで、その朔日餅っていうのはそんなにおいしいものなの？』

「それが私もまだ食べてないんだよね。今日の夜にお客さんたちが来てから、一緒に食べようと思ってて」

　カウンターの上に置いてある朔日餅の箱を眺めながら答える。箱は、いろんな種類の花が描かれた春らしい伊勢千代紙で包まれていた。

　十個入りの箱をふたつ買ってきたから、常連さんたちには大体行き渡るだろう。

『いいな、私も食べてみたいな。今度買うときあったら送ってよ、着払いで』

「やだよ面倒くさい」

『えー、ケチー。そんなんだから、ひとつ屋根の下にいる男にすら相手にされないのよ』

「だから、そういうんじゃないってば」

　二階で寝ているであろう松之助さんを起こしてしまわないように声を抑えながらも、事あるごとにそういう方向へ持っていこうとする葉月に力強く否定する。

『ふーん？　でも話を聞いてる限り、嫌なとこなさそうだけど？』

「いやいや、毎日フライパンとお玉で起こしてくるし、靴下裏返しのまま洗濯機入れんなって怒ってくるし、料理もたまに教えてもらうんだけど、そのときなんて鬼だよ鬼。ビールの注ぎ方にもなんかこだわりあるらしくて、すごい口うるさいし」

『……うん、なんか今ので大体分かったわ。それは莉子が悪い』

　思いつくままに愚痴れば、葉月はそうばっさり言い切った。

「えぇえ、味方してよ……ごほっ」

『なに、咳《せき》？　風邪でも引いたの？』

呟き込んだ私に、電話越しの葉月の声が少し柔らかくなる。きっと心配してくれているのだろう。

「ううん、大丈夫だと思う……ごほごほっ」

『うん、それ大丈夫じゃないやつね。もう切るから大人しく寝て治しなよ』

心配をかけないように振る舞ったつもりだったけれど、葉月は気を使って電話を切ってくれた。

通話終了の画面が表示されているスマホをぼんやりと見つめながら、カウンターにおでこをつける。

「寒いとこにいたからかなあ……」

意識してみると、なんとなく身体が重いような気がしないでもない。今日も仕事はあるし、悪化する前に葉月の言う通り大人しくしておこうと決めて、私はそろりそろりと足音を立てないように階段をのぼった。

「いらっしゃい」

「いらっしゃいませ……ごほっ」

見事に風邪だった。鼻水と咳が出る程度で、休むほどではないと判断したものの、やっぱり本調子ではない。

マスクをつけたままカウンターの中に立っていると、今しがたやってきたシナのおっちゃんが首を傾げる。

「お？　なんだい、莉子ちゃん。風邪か？」

「はあ、まあそんなとこです」

「あらあら大変、薬は飲んだ？」

おっちゃんの後ろからそう言って顔を出したのは、今朝初めて出会ったシナのおばちゃんだった。近所にひとりはいるタイプの世話好きおばちゃんなのだろう。あれこれと私に質問しては「大事にしてね、大切な身体なんだから」と言って心配そうな顔をする。

そこまで大した風邪でもないのに、こうして心配されることがなんとなくむずがゆくなった私は、話を変えようと朔日餅の箱を出した。

「シナのおっちゃんも来てくれたことだし、開封しましょうか」

「ああ、そしたら茶でも淹れるわな」

隣に立っていた松之助さんがそう言って、カチャカチャと湯呑みを準備し始める。

「やっとね！　もう待ちくたびれたわよ」

開店と同時にやってきて今日もビールを飲んでいたトヨさんは、さっきまで私のスマホで朔日餅の包み紙を熱心に撮影していた。きっとまた勝手に私のアカウントで投稿するのだろう。

「わりーな、トヨちゃん」

「お待たせしたわねえ」

シナのおっちゃんとおばちゃんはトヨさんに謝りながら、その隣のカウンター席に腰かける。座敷でどんちゃん騒ぎをしていたお客さんたちも「なんだなんだ」と集まってきた。

「じゃあ、開けますね」

ビリッと破いてしまわないように、慎重に包み紙を開ける。

中から出てきたのは、赤福のマークと朔日餅という文字が印刷された白い箱だった。さらにその箱の蓋を開ければ、白くて丸い豆大福が五個、黄みがかった大福が五個、お行儀よく並んでいる。

「おお……！」

店内に感嘆の声が響いた。

「これが二月の朔日餅かい。うまそうじゃねえか！」

「あんたが並んでまでも買いたかったのはこれだったのねえ。よくできてるわ」

一番に口を開いたのはやっぱりシナのおっちゃんだった。おばちゃんはそんなおっちゃんを少し呆れたように笑いながらも、感心したように箱を覗いている。

「ちょっと待って！　みんな触らないで、先に写真撮らせてよ」

トヨさんはわらわらといろんな方向から伸びてくる手を払い、角度を調整しながらスマホを構えていた。

「なに言ってんだい、トヨさん。こういうのはすぐ食べないともったいねーだろうよ」

シナのおっちゃんがそう言うや否や、白い豆大福に手を伸ばす。

「え、ちょっと！」

トヨさんの制止する声も聞かずに、大福はそのままおっちゃんの口の中へ放り込まれた。もぐもぐとおっちゃんの頬が動くのをお客さんたちと見守っていれば、ごくりと飲み込んだおっちゃんは目を輝かせてこう言った。

「これは……！　もちもちの餅の中にこしあんと大粒の黒豆が入ってて、この黒豆が柔らかくてすごく食感がいいぞ。こしあんの舌触りもいいし、上品な味がする。いやあ、立春にちなんだ餅だと聞いてはおったが、こうやって中に豆を入れるという発想はなかなかに素晴らしい」

「えーっと、つまり……おいしいってことですね」

私がそう確認すると、おっちゃんは大きく頷いた。

「うむ、うまい」

シナのおっちゃんの食レポをひと通り聞き終えてから、他のお客さんたちも朔日餅に手を伸ばす。黄みがかったほうの大福は、きな粉がまぶされているらしい。

「ほら、茶淹れたで」

松之助さんが淹れてくれたお茶をみんなに配りながら、私はきな粉のほうを手に取った。マスクを顎までずらして、ぱくっとかじりつく。ひと口で食べるには少し大きいサイズだった。

みょん、と伸びたお餅を噛み切って口を動かすと、なるほど、確かにおっちゃんの言う通りもっちりしたお餅と上品なこしあんが絶妙にマッチしている。中に入っている豆も柔らかくておいしい。

あの寒い中、訳も分からず並んでいたけれど、朔日餅がこんなにおいしいものだとは。というか多分、あの行列に並んだという過程も含めると余計においしく感じるのだろう。

「莉子、それどうなん？　おいしい？」

夢中で頬張っていると、隣から声がかけられた。松之助さんだ。

「あ、はい。すごくおいしいです……げほっごほっ」

「……大丈夫か？」

松之助さんの質問に大きく頷けば、その拍子にまた咳が出た。口元を手で覆っていると、お客さんたちが一斉にざわつきだす。

「おいおい、莉子ちゃん。もう休んだらどうだ？」

「そうやシナさん、この分野はあんたの専門やろ。なんかしたったらどうや？」

「お、それもそうやなあ。元はと言えば俺が朔日餅食べたかったからやし」

そういえば、シナのおっちゃんは風の神様であると同時に、風邪の神様でもあるって自分で言ってたっけ。

ぼんやりと頭の片隅にあった記憶を引っ張り出していると、シナのおっちゃんは真剣な顔をして私のほうを向いた。

「莉子ちゃん、はよ元気になってくれよ」

「…………」

「…………」

なにか祈祷《きとう》みたいな儀式があるのかと思って待ってみたけれど、おっちゃんはひとことだけ言って満足げな笑みを浮かべている。

「……え、それだけ？」

そんなわけないだろうと思いながら尋ねてみたものの、おっちゃんはグッと親指を立てた。

「おうよ」

あまりにもあっさりした展開に、私はポカンと口を開けたまま、しばらく動くことができなかった。

神様っていうから、なんかもっとすごいことしてくれるかと思ったのに。

「よし、今日はたっぷり飲むぞ！」

「あんたいい加減にしな！　朔日餅だけ特別って言ったでしょが、甘いもんとお酒はもうやめとき！」

シナのおっちゃんがおばちゃんに叱られる声が店の中に響く。

「……神様って、なんなんですかねぇ」

それを見ながらボソリと呟くと、隣に立っていた松之助さんがおかしそうに笑った。

「さあな。俺らが特別に思ってるだけで、これがきっと神様たちの普通なんちゃう？」

こうして今日も、居酒屋お伊勢の夜は更けていく。

三杯目　伊勢うどんは、恋の味

二月上旬のある日。その日は全国的に寒く、記録的な大雪だというニュースが繰り返し流れていた。

「これは明日積もりそうですね」

窓の外では、雪がボトボトと落ちるように降っている。伊勢に来てから、雪がちらつく日は何度かあったものの、積もるほど降ったことはない。だけどこの調子が続けば、雪かきせざるを得ない状況になるだろう。ごま吉に賄賂《わいろ》の煮干しを渡して、手伝ってもらおうかな。

明日の仕事が増えたことにため息をつきながらも、この珍しい天気にちょっと気持ちは浮ついていた。

「こんだけ降るのも久しぶりやなあ」

出来たての餃子《ぎょうざ》が乗ったお皿を「座敷のほう持ってって」と私に渡し、松之助さんも窓の外に目を向ける。

パリパリに焼き上がったそれがおいしそうで、私は思わず喉を鳴らしながら、いつものように宴会をしていたおっちゃんたちのほうへ運んだ。

……そう。たとえ大雪が降っていたとしても、うちの客足にはあまり関係がない。

「伊勢の気候は基本的に温和だもんね。まあ、さすがに今日は参拝客もほとんどいなかったわ」

いつものようにカウンター席に座っていたトヨさんが、つまらなさそうに口を尖らす。

「だからって、勝手に早退するのもどうかと思いますけど」

私は座敷からカウンターの中へと戻りながら、そう釘《くぎ》を刺した。

二月の参拝時間は夕方六時までだけれど、今日のトヨさんはよっぽど暇だったのか、その三十分前にはここへ来ていた。営業開始前に来られても困る、というこちら側の訴えには全く耳を貸してくれず、いつもより早くから居座っていた。

「いいじゃないの、どうせバレないんだし」

ぐいっとビールを飲み干して、空いたジョッキを掲げる。

相変わらずの飲みっぷりに呆れながらも、私は頷いてみせる。もうすでに何杯目か数えるのも面倒くさくなってきた。

冷えたジョッキを取り出していると、当然のごとく松之助さんが隣に立った。

「莉子、ビールと泡の比率は――」

「いい加減覚えましたよ、七対三でしょ？」

私の仕事は基本的に接客と掃除だったけれど、最近は調理や盛りつけのことも少しずつ教えてもらっている。とはいっても、料理のことになると口うるさい松之助さんに任せてもらえる仕事はまだまだ少ない。初歩中の初歩ばかりだ。

「いやお前、それちゃうやろ。その角度やったらめっちゃ泡立つから、そうじゃなくて、ちょっと待て、もっとこうやってば」

「……はーい」

そして私は教えてもらっている身でありながら、この口うるささにげんなりし始めていた。

なんていうか、小姑みたい。ちょっとくらい泡立ってもそんなに変わらないでしょ。

「こら。今、他事《ほかごと》考えとったやろ」

「えっ、なんで分かったんですか」

「顔に出とるし。そんくらいすぐ分かるわ」

松之助さんは鼻で笑いながら、私の注いだビールを見て「二十八点」と呟いた。

「うわ、辛口……」

「妥当な評価やろ。大体なあ、仮にもお客さんに出すんやから、相手のこと考えてまごころ込めやんと」

「まごころ、ですか」

なんとなく松之助さんに似合わない言葉だ。そう思って隣を見れば、むすっとした顔の松之助さんがいた。似合わないことを言った自覚があったのだろう。「文句あるんか」となぜかキレ気味に言われた。

「……ふふっ、いてっ」

「はよそれ持ってけ」

拗ねた子どものような反応が面白くて、思わず笑ってしまった私に、容赦なくチョップが飛んできた。

「……この子、また匂わせてるわよ」

二十八点のビールを持っていくと、私のスマホをいじっていたトヨさんが眉間に皺を寄せていた。ついさっきまでそのスマホはポケットに入っていたはずだったのに、いつの間に取られていたのだろう。

毎度のことすぎて、もはや文句を言うことも忘れた私は、空いたジョッキを下げながら首を傾げた。

「この子って誰のことですか？」

というか、匂わせてるってなにを？

問いかけると、トヨさんは画面を見せてくる。

どれどれと見てみれば、トヨさんがハマっているSNSのアプリが開かれていた。

「またインスタ開いてたんですか。すっかりインスタグラマーですね、トヨさん」

「ツッコミを入れてほしいのはそこじゃなくて、この投稿よ」

そう言って見せられたのは、葉月のアカウントだった。

一見、なんの変哲もないティータイムの写真だ。ラズベリーがトッピングされたチョコレートケーキと、おしゃれなマグカップに入ったコーヒー。光もよく当たっているし、色味も調整されていて、おいしそうに見える。

「これのどこが……？」

「もうっ、莉子って鈍いの？　ここ見てよ」

トヨさんが指差したところをよく見ると、写真の奥のほうにもうひと皿、手前にあるチョコレートケーキと同じものが写っている。さらによく見れば、男の人の手も写り込んでいる。

極めつけは【#ちょっと早めのバレンタイン】【#手作り】【#喜んでくれてよかった】というハッシュタグの羅列。

なるほど。そういうことか。

トヨさんの言いたかったことがなんとなく分かって、ゆっくりと頷いた。

確かに葉月は学生時代から付き合っている彼氏と仲がよくて、けっこう頻繁にこういう投稿をしている。それも、がっつりツーショットではなくて、ところどころに彼氏の存在を感じさせるような写真が多い。

「ノロケちゃって。やーね、まったく」

トヨさんはやだやだと首を振る。

「うーん、仲よくやってるんだなとは思いますけど。特に気になったことはないです」

「なによ。なんか私の心が狭いみたいじゃない」

ふて腐れたように口を尖らせたトヨさんを「はいはい」と適当にあしらう。

私の心も決して広くはないけれど、こういうノロケっぽい投稿をしているのは葉月だけではないし、慣れてしまったという部分が大きい。それにまあ、楽しかったことを投稿したい気持ちは少なからず分かるし。

「でもそっか、もうすぐバレンタインなんですね」

「ばれん……？」

日にちの感覚がなくなっていたな、と思いながら呟くと、トヨさんが不思議そうに聞き返してきた。

「バレンタイン。聞いたことないですか？」

「んー、あんまり馴染《なじ》みがない言葉ね」

どこかで聞いたことあるような気もするんだけど、とトヨさんは首をひねる。

この時季にバレンタインが話題にのぼることは多いし、参拝に来た人たちの会話で耳にしたのかも。

そんな予想をしながら、私はなるべく分かりやすく説明しようと頭を回転させた。

「二月十四日はバレンタインデーといって、好きな人にチョコレートを渡すイベントがあるんです。毎年かなり盛り上がる、けっこう大きい行事というか」

「なに、その楽しそうなやつ！」

ドン、とジョッキをカウンターに置いて、トヨさんは目を輝かせた。

座敷のほうからも「チョコ⁉」と声がした。甘い物好きのシナのおっちゃんが反応したのだろう。「また奥さんに怒られるぞ」と他のおっちゃんたちに笑われている。

【#バレンタイン】で早速検索をかけたトヨさんは、そのヒット数に驚きの声を上げる。

「うわ、すごいのね！」

「日本では女の人が男の人に渡すっていうのが一般的なんですけど、最近は男の人が女の人に渡す〝逆チョコ〟っていうのも流行ってますね」

「へえ。ところでこれ、パッと見た感じ、手作りが多いのはどうして？」

トヨさんの素朴な疑問に、私も思わず首を傾げた。

言われてみれば、なんでだろう。特に疑問を抱いたことはなかった。でも、相手のことを考えながらまごころを込めて作ったほうが、より気持ちが伝わりそうだしなぁ。

そこまで考えて、パッと松之助さんを見た。

「……言いたいことあるんやったら言いや」

「まごころ……」

私の考えがすでに伝わっていたのだろう。目を細めて嫌そうな顔をしていた松之助さんにそう言えば、「掘り返すな」と睨《にら》まれた。

いや、言いたいことあるなら言えって松之助さんが言ったんじゃん。

理不尽な怒られ方にムッとしたものの、それが似合わないことを言った恥ずかしさから来ているものだと分かってはいたため、これ以上言うのはやめておく。

「松之助、どうして今まで教えてくれなかったの」

「俺にはそんなに関係ないイベントやったし……」

トヨさんからの質問に、松之助さんは悲しげに答える。

「あらそうなの、残念だったのね？」

「トヨさん、その聞き方は松之助さんが傷つくからやめたげて！」

「そのフォローも傷つくわ」

助け船を出したつもりの私に、本人からすかさずツッコミが入った。

それにしても、もうバレンタインだなんて。月日の流れって本当に早いな。

去年のこの時季は、ちょうど卒論発表も終わって、春からの社会人生活に不安を抱きながらも旅行しまくっていた。それこそ『働きたくなーい』なんて言いながら、グアムの海でぷかぷか浮かんでいた気がする。

あれからもう一年経ったのか。社会人になって、無職になって、また就活をして、神様たちのたまり場で働くことになるなんて、思いもしなかったな。

「ねえ莉子。あなた、今年のバレンタインはどうするの？」

「へ？」

全然違うことを考えていた私に話を振ってきたトヨさん。その顔には、『私もバレンタインなるものをしてみたい』と書いてある。私に便乗して雰囲気を味わおうとしているのだろう。

だけど、期待されても困る。

「いや、あの、なにもしないんですけど」

「えっ」

私の答えに、トヨさんは衝撃を受けたようだった。

私も高校生くらいまでは、毎年大量の友チョコを作って配り歩いていた。それも大学生になるとバレンタインは春休み期間になっていたため、決まった相手がいない限り、デパートで自分が食べる用のチョコを買うくらいで終わっていた。

そもそも、恋愛に疎かった私に決まった相手がいたことは大学一年生のときだけだった。

「ど、どうして……？」

「別に渡す相手もいないし」

「じゃあ、そしたら私のバレンタインは……」

ショックを受けたトヨさんが、そう言って頭を抱えたときだった。

ガラ……と静かに引き戸が開く音がした。それと共に、冷たい風がビュウッと吹き込んでくる。

「いらっしゃい」

反射的にそう声をかけながら、珍しい時間にお客さんがやってきたな、と鳩時計が九時を示すのを見た。常連さんたちは大抵、開店して一時間もしないうちに集まってくる。

ついこの前までのシナのおっちゃんみたいに、誰か残業していたのだろうか。

だけど座敷に目を向けるも、いつものメンバーは揃っていた。ということは、常連さんではないようだ。

「……いらっしゃい？」

なかなか店に入ってくる気配がないのを不思議に思いながら、もう一度声をかける。

カウンターの中から身を乗り出して様子を窺ってみると、引き戸の向こうの影がゴソッと動いた。

「……ごめん……ください……」

ボソボソと低い声を出しながら、お客さんは入ってくる。

目元が隠れるほど長いぼさぼさの髪に、無精髭《ぶしょうひげ》。肩にも頭にも雪が積もったその姿を見て、悲鳴を上げなかった私をどうか褒めてほしい。

正直、幽霊かと思った。


「この辺では見ない顔ね」

カウンター席に座ったそのお客さんをまじまじと見ながら、トヨさんはそう呟いた。

ぼさぼさの髪で目元は隠れたままだけれど、積もっていた雪を落とせば、随分とマシに見える。身なりがぼやっとしているため、四十代くらいのように思ったけれど、肌の質感的には青年と言ってよさそうだ。

「……あ、あの、僕はその、『多岐原神社《たきはらじんじゃ》』というところに祀られております」

緊張したようにそう言って、青年は視線を落とす。

「多岐原神社、ああ、『度会《わたらい》』のほうにある内宮の摂社だったかしら。随分遠いところから来たのね」

「は、はい……。『真奈胡神《まなごのかみ》』と申します」

おどおどと名乗る青年は、やっぱり幽霊ではなかったらしい。その事実にほっと息をついた私を見て、松之助さんがクスリと笑った。

「うちではお客さんのことを愛称で呼んどるんやけど、そういうのありますか？」

「愛称……ですか……。地域の人々にはまなごさんと呼ばれておりますが……」

「じゃあ、まなごさんやな」

「まなごさんね。まあ一杯飲みなさいな」

トヨさんはそう言って、ぐいぐいとお品書きを渡す。

その勢いに押されて両手でそれを受け取ったまなごさんは、少し考えるそぶりを見せたあと、ゆっくりと口を開いた。

「あの、僕こういうところは初めてで、勝手がよく分からないのですが……」

私も松之助さんも、そして常連さんたちも、虚を突かれたような顔をしていたのだろう。シンと静まり返った店の中、まなごさんが「あの……？」と顔を上げる。

居酒屋は日本全国にあふれているけれど、神様向けの居酒屋なんて聞いたことがない。ここにいるみんなにとっては居酒屋というものの存在が当たり前で馴染みがありすぎて、まなごさんの反応が新鮮だったのだ。

「いいのよ、そしたら私のお気に入りを適当に頼んでおくわ。松之助、ビールと唐揚げで！」

「言うと思ったわ」

いつも通りの注文をしたトヨさんに、松之助さんが笑う。

まなごさんはそんなふたりをあたふたと見比べて、ぺこりと頭を下げていた。

「忘れられない方がいるのです……」

まなごさんがポツリと言った。

〝泣き上戸《じょうご》〟という存在を知らなかったわけではない。実際、学生時代の飲み会でそういう場面を見たこともある。だけどそれはどちらかというと、愚痴りながら号泣するタイプの泣き上戸で……。

「わ、忘れてしまえばいいいと、何度も何度も思ったのですが、どうしてももう一度、お会いしたくて……」

こんなふうに、ほろりほろりと涙を流しながら身の上話をするようなタイプは初めてだった。

「……トヨさん、何杯飲ませたんですか」

私がこっそり尋ねると、トヨさんは首を振る。

「まだ三口しか飲んでないわよ。ねえ、出来たてのうちに食べちゃいなさい」

トヨさんがそう言って指差した唐揚げを、まなごさんは左手でひとつつまんで、サクッと衣に歯を立てる。中から出てきた肉汁が思いのほか熱かったのか、びっくりしたように足をバタつかせた。かと思えば、口を冷まそうとしたのか、右手に持っていたビールをぐいっと煽る。

「まなごさん、それお酒です！　お酒！」

「おいひいれふ……」

まなごさんはフラフラしながら感想を述べる。

こりゃダメだ。

「お冷、新しいの置いとくでな」

頭を抱えた私の隣で、松之助さんがスッとお冷を出したけれど、まなごさんは顔を真っ赤にしながら、またポツリポツリと語りだした。

「お会いしたのは、もうずっと昔のことになります。その方は、川を渡ろうとされていたのですが、そこはちょうど流れの速いところでして……困ってみえたので、お助けしたのです」

「え、まなごさんが？　助けたんですか？」

猫背気味でヒョロッとしているのに。意外。

そう思っていたのがバレたのだろう、隣に立っていた松之助さんに「こら」と肘で小突かれた。

そんな私たちのやりとりには気づいていないみたいで、まなごさんは頬杖をつきながら鼻をすすり、話を続ける。

「無事に川を渡られたあと、僕のような、どこにでもいるような土地の神に、笑顔を向けてくださったことが嬉しくて……。そのあとも少し案内させていただいたのですが、僕のつたない説明にも目を輝かせてくださり……」

「ははーん、コロッといっちゃったわけね」

「え、あ、いや、そんな、そういうわけでは……」

あたふたと両手を振るまなごさんを、いつもより生き生きとしたトヨさんが笑った。

甘酸っぱい初恋の話を聞かされているようで、なんだかむずがゆいような気もする。だけど真っ赤になって話すまなごさんは可愛い。こういうウブな反応をする人（神様だけど）を見るのは久しぶりで、どこか新鮮に感じた。

そういえば、ここに来てから恋愛の話を聞いたのは初めてかもしれない。葉月との電話の中では茶化されることも多いけれど、それはまた別として。

こういう話を、松之助さんはどんな顔で聞いているのだろう。

ふと気になって隣を見たけれど、腕組みをして、まなごさんの話をじっと聞いているだけで、特にいつもと変わりなかった。面白くない。

「……なんや」

「いや、別に」

見ていたのがバレてごまかすと、松之助さんは納得がいかなかったのか首を傾げていた。

「僕はただ、お役に立てただけで光栄だったのですが……」

まだ続いていたまなごさんの話に、また耳を傾ける。ボソボソと小さく聞き取りづらかった声も、お酒が入ったことによって、だいぶはっきりしている。

「後日そのお礼として、僕を祀る社をお定めくださったのです」

「……ん？」

微笑ましく聞いていたはずの話が、急に壮大になった。

「ちょっと待ってください、まなごさんを祀る社を定めてくれたっていうのは……え、待って、これいつの話ですか？」

「ずっと昔のことですが、そうですね、……二千年ほど前でしょうか」

二千年……。

想像していたより遙《はる》か昔だったことに、衝撃を受けた。

あんぐりと口を開けた私を放ったらかしにして、トヨさんはケラケラと笑いながら、まなごさんに向き直る。

「ねえ、まなごさん。それってヤマちゃんのことじゃないの？」

「や、ヤマちゃ……？」

「『倭姫命《やまとひめのみこと》』よ」

その名前を聞いた瞬間、まなごさんは分かりやすく肩を揺らした。平静を装ったつもりなのか、唐揚げを再度つまむものの、まだ熱かったみたいでビールを煽る。その反応の分かりやすいこと。

対して、私はいまだに状況を読めていないまま。新たに出てきた神様の名前に、頭がこんがらがってきた。

「え、えーっと、えっと、トヨさんはこの話を知ってたんですか？」

とりあえず話を整理しようと、訳知り顔のトヨさんに尋ねる。

「そうね。私たちの間ではわりと有名な話よ」

「倭姫命っていうたら、『天照大御神《あまてらすおおみかみ》』の鎮座地《ちんざち》を探して歩き回った皇女《おうじょ》やな。すぐそこに祀られとるに」

松之助さんが補足してくれたけれど、すぐには理解できなくて首を傾げる。

「え、……え？」

「簡単に言えば、内宮を創建した神様や」

めちゃくちゃ大物じゃないですか。いや、まあ、この店に来ているお客さんはみんな、それなりの大物揃いだけれども。

松之助さんの説明に、ますますポカンとしてしまう。もっとこう、可愛らしい一途な片想いの話だと思っていたのに、スケールが違いすぎる。

「僕の土地にお越しいただいたのも、ちょうどそのご巡幸《じゅんこう》で……」

「なるほど、話は分かったわ。それじゃあ早速、呼んじゃいましょ」

「へ」

突然のトヨさんの提案に、素っ頓狂な声が出た。

このノリ、どこかで見たことがある。ああそうだ、テレビでよくやってるモノマネ大会の『ご本人の登場でーす』っていうノリだ。

「ヤマちゃん、多分、呼んだらすぐ来てくれるわよ」

ケロッとした顔で言ってのけたトヨさんに、またもや頭がついていかない。

さすがのまなごさんも、これには立ち上がって首を振る。

「い、いいい、いや、あの、それは……」

「どうして？　もう一度ヤマちゃんに会いたくて、遥々《はるばる》やってきたんでしょ？」

「そ、それはそうなんですが、話があまりにも急で心の準備が……」

そりゃそうだ。初めてきた居酒屋で、二千年も想い続けていた相手をいきなり呼ばれるなんて、たまったもんじゃないだろう。

しかもトヨさんはだいぶお酒を飲んだあとだ。酔っ払いのテンションで呼ばれても、私たちだってどう対応したらいいか分からない。

「トヨさん、さすがにそれは話がぶっ飛んでる気がするんですけど」

「あら、莉子。こういうのは勢いも大事でしょ。伝えたい想いがあるのなら、伝えられるときに伝えなきゃ」

さりげなく方向を修正しようと試みるも、呆気なく言いくるめられてしまう。

確かに、まなごさんが祀られているところは伊勢から離れているみたいだし、今度いつ来ることができるかも分からない。それに多分、内宮を創建したレベルの大物を呼べてしまうのは、トヨさん自身が大物だからだろう。こんな絶好の機会はない。

「それにほら、もうすぐなんでしょ？　えっと、人間が想いを伝える日。ばれん……なんだったかしら」

「バレンタインですか？」

私がそう聞くと、トヨさんは「それそれ」と頷く。

「最近は男の人が女の人に渡す、逆チョコっていうのも流行ってるんでしょ？　ちょうどいいじゃない。そうよ！　ちょうどいいわ、バレンタインやりましょ！」

私に乗っかって味わおうとしていたバレンタインを、まなごさんに乗っかることにしたらしい。話しているうちにどんどん目を輝かせ始めたトヨさんに、私は頭が痛くなった。

チラリと隣を窺えば、松之助さんも呆れたようにため息をついている。

「……人間の世界には、そ、そのようなものがあるのですか」

「私もさっき教えてもらったんだけど。ねえ、楽しそうじゃない？　やってみましょうよ、やりたいわよね？　やるでしょ？」

もはや誘導尋問だ。

どうしてもバレンタインをやってみたいというトヨさんの迫力に圧倒されて、まなごさんは「はい」と小さく頷かされていた。

「……バレンタインって、チョコレートを渡すイベントじゃないの？」

カウンターの向こうから、興味津々でこちらを覗いていたトヨさんの顔が、ふと曇った。

「そうですが」

私が頷くと、トヨさんはさらにしかめっ面になる。

「これはなに？」

「薄力粉と水と塩……ですね……」

「ちょっと、松之助？　バレンタインにいい思い出がないからって、嫌がらせはやめてくれる？」

「トヨさん、オブラートって知ってますか!?」

歯に衣着せぬ言い方をしたトヨさんに慌ててツッコミを入れる。

しかし、これもどうやら松之助さんのフォローにはならなかったらしい。

「……とりあえずふたりとも黙ろか」

松之助さんの低い声に、私もトヨさんも大人しく黙った。

カウンターの中には、松之助さんと私の他に、まなごさんもいる。松之助さんが店の奥から出してきた白い割烹着《かっぽうぎ》が、いい感じに似合っていた。ぼさぼさの髪も松之助さんと同様に、白いタオルで覆われている。

前髪に隠れていた目元があらわになって、まとう雰囲気も随分マシになっていた。肌は綺麗だし、鼻筋も通っているし、目も決して小さいわけではない。好き勝手生えている無精髭と、お酒で顔が赤くなっていることを除けば、かなり整った顔立ちと言えるだろう。

「あ、あの、……これはいったい……」

まなごさんは戸惑いの表情を浮かべながら松之助さんを見る。

「本当やったら、チョコレートなんやけど。まあここ居酒屋やし、材料ないし、甘い物ストップかかっとるおっちゃんもおるし」

「俺のことかい？」

座敷のほうから、ドッと笑う声が聞こえてくる。返事をしたのはシナのおっちゃんだろう。

「そういう訳で、チョコを手作りするんは無理」

「えー」

トヨさんはぶすっと唇を突き出す。

「けど、まあ、まごころ込めてあればええんやろ……ってことで、今から伊勢うどん作んで」

「伊勢うどん⁉」

聞き耳を立てていた各所から、揃って驚きの声が飛んできた。もちろん私もそのひとり。伊勢うどんを作るなんて初めて聞いた。

「あの、伊勢うどんとは……？」

まなごさんに至っては、伊勢うどんという名前自体、初耳のようだった。かくいう私も伊勢に来てから聞いたことがあるだけで、詳しくは知らない。

「名前の通り、伊勢のうどん。普通のうどんと違って、麺が太くて柔らかいんさ。たまり醤油に出汁を加えた黒いタレをそれに絡めて食べるのが主流なんやけど、まあ説明聞くより食べたほうが早いやろ。うどんやったら失敗するってことはそうそうないし、作り終わる頃には、みんなシメの時間やし。ちょうどええやん」

松之助さんがそう言いながら調理に取りかかろうとしたため、私とまなごさんも慌てて構えた。といっても、なにをしたらいいのか分からないのだけれど。

「まなごさん、まず塩を水で溶かすで」

「あ、は、はい」

まなごさんは松之助さんから指示を受けて、たどたどしくボウルに材料を入れていく。

「なんか思ってたのと違うわね、バレンタイン」

「それは私も激しく同意です……」

作業を見ながら呟いたトヨさんに、私は静かに頷いた。

そもそも、うどんを手打ちするという発想が私にはなかった。しかも、バレンタインにしてしまうなんて。それに、薄力粉と水と塩だけでできるっていうのも、ちょっと驚きだ。もっといろんな材料がいるのかと思っていたけれど、案外シンプルなんだな。

「莉子、ちょっとヘラ取って」

「あ、はい！」

ぼんやりしながら眺めていただけの私にも、ようやく松之助さんからの指示が飛んでくる。

引き出しにしまってあったヘラを取り出してまなごさんに渡すと、塩水が入っていたボウルに薄力粉が少し投入された。

「まなごさん、これ底から切るように混ぜて」

「え、あ、あの、切るように……？」

「こうやって。倭姫命のことでも考えながら」

「へあっ」

あからさまに動揺したまなごさんがボウルを落としそうになるのを横から支える。

まなごさんが混ぜる手つきは、さっき手本を見せていた松之助さんと比べたら不器用だったけれど、一生懸命というのが伝わってくる。

カウンターの向こうから見ているトヨさんも、どこか楽しそうだった。

「そういえばトヨさん、あんなにバレンタインやりたがってましたけど、見てるだけでいいんですか？」

ふと疑問に思って聞いてみれば、トヨさんはゆっくり首を振った。

「ああ、いいのいいの。料理には飽きてるから」

「飽きてる？」

意味が分からず首を傾げると、トヨさんが答えるよりも先に松之助さんの声が飛んできた。

「トヨさんがなんの神様やったか覚えとる？」

「え、衣食住の神じゃなかったですか？」

「そう。そもそもトヨさんが伊勢に祀られとるのは、天照大御神の食事を任されとるからなんさ。創建されてから千五百年くらいの間ずっと、一日二回食事を届けとるんやって」

「千五百年ずっと！」

それはすごい。またスケールの違う話に、もう驚くことしかできない。

トヨさんは「だからもう料理はいいのよ」と照れたように笑っていた。

感覚としては、毎日仕事で料理をしているシェフが家でまで作りたくない、といったところだろうか。

「あ、あの、これ、できました……」

「よし、じゃあこれをこねて」

いつの間にか材料はすべて混ぜられていて、ひとつにまとまりかけていた。まなごさんは、生地らしくなってきたそれをぎゅっぎゅとこねている。はじめは恐る恐るという感じだった手つきも、慣れてきたのか、さまになっていた。

「まなごさん、いい感じですね」

「え、あ、そうでしょうか、ありがとうございます……」

声をかけると、まなごさんは照れたように笑う。さっきまで目元が隠れていて見えなかったけれど、笑うと目尻がへにゃっと下がって愛嬌《あいきょう》がある。

「……あの、なんだか、不思議な気持ちなのです」

「え？」

唐突に話題が変わったことに、首を傾げる。しかしまなごさんは特に気にした様子もなく話を続けた。

「神様を相手にした居酒屋が伊勢のほうにあるという噂《うわさ》を耳にしたことはあったのですが、訪れてみる勇気は僕にはありませんでした。しかし今日、僕の社に来た人たちが言っていたのです。大雪で早く帰らせてもらえた、と」

視線はこねている生地に落としたまま、まなごさんは呟く。

「そういう話を聞くのは初めてではなかったのですが、今日はなぜかそれを聞いて、僕も早退してしまおうと思ったのです。久しぶりの大雪で、少し気持ちも高ぶっていたのかもしれません。早退して、ずっと行きたかった居酒屋に行ってみようと、そして姫様のいらっしゃる近くへ行ってみようと、思ったのです」

大雪を理由に早退していたのは、なにもトヨさんだけではなかったらしい。まさかのまなごさんに驚きながらトヨさんを見ると、『ほらね』とでも言いたそうな顔をしてビールを煽っていた。

「勇気を出してきてみたら、お酒も料理も見事においしくて、それだけでよい心地だというのに、まさか姫様にお会いして、お話しさせていただくことになるなんて……

これは現実なのかと、不思議な気持ちなのです」

まあ確かに、居酒屋行って昔話をしていたら、とんとん拍子で話が進んで、初恋(？)の人に会うことになるなんて、ちょっと運命的かも。だけど心の準備なんてできていないだろうし、しかもうどんを打つことにもなっているし、まなごさんからしたら意味の分からない状況だろう。

「……あんまり気を張りすぎないでくださいね」

「ああ、いえ、そういうつもりで言ったわけではないのです。ただ、こうして生地をこねていると少し冷静になったというか、改めてこの状況を振り返る余裕ができたというか。……でもそうですね、お気遣いありがとうございます」

ぺこりと頭を下げたまなごさんは、酔いも少し醒めてきたようで、真っ赤だった顔も色が戻ってきていた。松之助さんを見て「ところでこれ、どのくらいまでこねればいいのでしょうか」と首を傾げる。

尋ねられた松之助さんは、隣から手を伸ばして生地に触れる。

「ああ、うん。これくらいで大丈夫やと思う。そしたらこれを伸ばして太めに切って、時間長めに茹《ゆ》でるで」

「は、はい」

オッケーが出たことにホッとしたのだろう、まなごさんは嬉しそうに顔を綻ばせる。

松之助さんはというと、タレ作りに入っているらしく、すでに仕込んであった出汁とたまり醤油を合わせていた。

「それがタレ……ですか」

「なんかめっちゃ黒いですね。味濃そう……」

そんな感想を言い合っていたまなごさんと私に、「まあ楽しみにしとき」と松之助さんはニヤリと笑った。


「ちょっとトヨさん、こんな夜中にどうしたんですか」

そう言いながら店に入ってきたのは、私と同世代に見えるお客さんだった。ほんの少し幼さの残る顔つきは、どちらかというと可愛らしい。

「あ、ヤマちゃん、待ってたわよ～」

日付けが変わったことを、鳩時計が知らせていた。外は相変わらず雪が降り続いていたようで、ヤマさんの頭と肩にも雪が積もっている。

生地を伸ばして太めに切って長めに茹でたものは、松之助さんが作った黒いタレと絡められていた。味見をしたまなごさんがもちもちとおいしそうに食べていたのを見る限り、成功と言ってよさそうな感じだ。

まなごさんに心の準備をする隙を与えず、完成してすぐにヤマさんを呼んだトヨさんは、満足げに笑って手を振っていた。

「ヤマちゃんに会いたいっていう子がいたから、呼んじゃった」

「呼んじゃったって、もう」

トヨさんに呆れたように笑いながら、ヤマさんはカウンターのほうへ近寄ってくる。

確かにこの可愛らしい感じの神様に笑顔を向けられたら、コロッといってしまう気持ちも分かる。愛嬌があるという言葉がぴったり似合う神様だ。

そんなヤマさんの視線が、あるところで止まった。まなごさんのところだ。

「あら」

「あ、ひ、姫様」

カウンターの中で、おずおずとまなごさんが答える。

二千年ぶりの再会を目の当たりにすることができるとは。なんか感動だ。

「真奈胡神ではありませんか。ご無沙汰しております」

ニコリと笑ったヤマさんに、まなごさんの顔はじわじわと赤くなっていく。うどんを打っている間に顔の色は戻っていたはずなのに、お酒で酔っていたときよりも赤く、リンゴみたいだった。

「その節は大変お世話になりました。お元気でしたか？」

「は、はい、あの、姫様もお元気そうで……」

しどろもどろ答えるまなごさんに、こちらまで緊張してしまう。

この調子でうどんを出すことはできるのだろうか。そんな心配をしていたとき、ヤマさんのほうから話を振ってくれた。

「今日はどうされたのですか？　こちらまでいらっしゃるの、珍しいですよね？」

よし、今だ。そう思ってまなごさんの背中を叩けば、反対側で松之助さんも同じことを思っていたらしく、その手と触れ合った。

まなごさんはビクリと肩を揺らして、両隣にいる私と松之助さんに視線を向ける。緊張をほぐすように小さく頷くと、覚悟を決めたのか息を吸うのが聞こえた。

「あの、姫様、これ……」

おずおずと器をカウンターの上に置いた。

太くてむっちりした麺に、黒いタレ。小口ネギと卵をトッピングした、出来たての伊勢うどん。

ヤマさんは不思議そうにそれを見て、首を傾げる。

「伊勢うどん、ですか？」

「あ、はい、あの、そうです……。よかったら、召し上がってください……」

とぎれとぎれになりながらだったけれど、無事に言うことができて、まなごさんはホッとしたように息を吐いた。

どうして呼ばれたのかよく分からないままだろうに、ヤマさんはトヨさんの隣に座って手を合わせる。「いただきます」と小さな声で言ったあと、麺をつるりと口にした。

もぐもぐとその口が動いている間、隣にいるまなごさんの心臓の音が聞こえてくるような気がした。

なんだろうこれ、すごく緊張する。

「……うん、おいしいです」

しばらくして、ヤマさんがそう言って頷いた。

「本当においしい、これ。温かくて」

ニコリと微笑みながら、もうひと口食べるヤマさんを見て、私と松之助さんは肩の力を抜いた。

「そ、そそ、そうですか」

「はい」

まなごさんは胸がいっぱいという様子で、もうそれ以上なにも言えなかったらしい。

それまでずっと視線を下に向けていたというのに、急に顔を上げて、あたふたと割烹着を脱ぎ始める。

「あ、あの、僕、もう社に戻らないと、なので、これで失礼します」

「ええっ」

唐突に帰り支度をし始めたまなごさんに驚いて、声を上げる。

「そ、その、なにかとありがとうございました」

頭に巻いていた白いタオルも外して、割烹着と共に私へ差し出したまなごさん。

反射的にそれを受け取ると、逃げるように店の入り口へと大股で歩いていく。

「真奈胡神」

呆気にとられていた私たちに代わって、その背中に声をかけたのはヤマさんだった。

まなごさんの足がぴたりと止まる。

トヨさんは笑みを浮かべ、普段はうるさい座敷組もさすがに空気を読んで、静かに
その一挙一動を見守っていた。

「今度は、ご一緒させてくださいね」

まなごさんの耳が赤く染まる。

「……はい」

小さな、小さな声だった。

それでも確かに返事をしたまなごさんに、ヤマさんは嬉しそうに微笑んでいた。

「また、おいない」

見送りのときにいつも口にするこのセリフも、もうすっかり言い慣れたものだ。だ

けど今日はいつもより強く、また来てほしいという気持ちを込めて見送った私たちに、何度も頷いてみせたまなごさんは、雪の積もる伊勢へと出ていった。


「どう思います？」

「なにが」

神様たちが寝静まったあと。私は松之助さんと、今日のまかないである伊勢うどんをすすっていた。座敷の隅では、キュキュ丸が閉店後の掃除にせっせと励んでくれている。

ちなみにヤマさんは、まなごさんの作ったうどんを食べてすぐに帰っていった。トヨさんの絡み酒に付き合いたくなかったのだろう。賢明な判断である。

「まなごさん。脈ありですかね？」

「知らん」

「もう、ちょっとは会話を膨らまそうとしてくださいよ」

初めて食べる伊勢うどんは、いつも食べているうどんよりも太く、ぶよぶよしていてコシがない。けれど、醤油ベースの黒くて甘辛いタレがいい具合に絡んでいて、絶妙に食べやすかった。好き嫌いが分かれると聞いたこともあるけれど、私はかなり好きかもしれない。

「まなごさんのアレは、脈ありとか脈なしとかじゃないやろ。そんなんでまとめられるような関係と違うで」

「それは確かにそうですけど……」

松之助さんが言いたいこともなんとなく分かるため、私は曖昧な返事をする。

まなごさんのヤマさんへの想いは、簡単に言ってしまえば恋のようなものなんだろうけれど、立場や年月、その関係性を考えると、言い表せないものがある。一番しっくりくるのは、『慕っている』という言葉だろうか。

「それより、莉子はええんか」

「へ？」

なにが？と首を傾げると……。

「バレンタイン」

「ごふっ」

松之助さんからそんな話を振られるとは思ってもみなくて、すすっていたうどんが変なところに入った。たまにこういう不意打ちを仕掛けてくるのはやめてほしい。

「な、なんですか急に」

「いや、休みがいるんやったら申請してくれてええんやで」

「いらないです。そんな相手もいないし、渡す予定もないし。大体、今身近にいる男の人なんて松之助さんくらいですし」

そこまで言って、はたと口をつぐんだ。

……あれ？　これ、この流れで松之助さんの名前が出てくるの、不自然すぎないか？

チラリと顔を上げると、仏頂面《ぶっちょうづら》の松之助さんと目が合った。

「くれる予定ないん」

「え」

意識しているとか思われてしまうかな、と考えていた私に、まったく逆方向からの質問が飛んできた。

松之助さん、その聞き方だとまるで『欲しい』って言われているみたいなんですが。

「えーっと、予定にはなかったですね」

「……そうか」

「あ、え、いります？」

「別に……義理チョコとかあるんかと」

私から視線を逸らしながらボソリと呟く松之助さんは、まるで拗ねた子どもみたいだった。

「なんだ、欲しかったならそう言ってくれればよかったのに」

思わず笑うと、じっとりと睨んでくる。

「……こういうのは強要するもんと違うやん」

「いやいや、普段お世話になってますし、お礼にお渡ししますよ。どんなのがいいですかね」

「そやなあ、ゴディ――」

「高すぎるのはなしで！」

慌てて遮った私を、松之助さんはケラケラと笑う。

ここ数年、めっきりバレンタインとはご無沙汰だったけれど。これはこれで、それなりに楽しいバレンタインになるかもしれない。

早速デパートに行ってフェアを見てこようと意気込む私を、松之助さんがどことなくそわそわしながら見ていたのが、なんだか少し面白かった。

そして、その数時間後。ごま吉と雪かきをしながら何気なく開いたSNSに【#ちょっと早めのバレンタイン】【#手作り】【#喜んでくれてよかった】というハッシュタグつきで、うどんの写真が投稿されていたのを見つけた私は、やってくれたな、とトヨさんに苦笑を浮かべるのだった。

四杯目　おつかいコロッケ

「【この週末はお父さんと温泉に行ってきました】……って」

三月上旬。開店前の掃除中にピコンと鳴った電子音。聞き慣れたその音に、スマホを取り出して確認すると、ピースしている両親の写真と共にそんなメッセージがお母さんから送られてきていた。

「いや別にそれ、報告してくれなくていいんだけど」

「こら、サボっとんな」

「いてっ」

両親の楽しげな写真にツッコミを入れていれば、すかさず松之助さんからチョップが飛んでくる。最近手加減されなくなってきている気がするのは、気のせいだろうか。私が小さく頭を下げて「すみません」と謝ると、松之助さんは「はいはい」と言いながら肩をすくめた。

「で？　仕事サボって、なに見とったん？」

「なんか言葉の節々にトゲがありますね、嫌味ったらしい上司みたい」

「誰のせいやと思っとるん」

「うーん、ちょっとよく分からないですねえ」

首を傾げてとぼけながら、お母さんからのメッセージが表示された画面を松之助さんに向ける。

「お母さんからです。だいぶどうでもいいメッセージと写真が来てました」

そう言ってスマホを差し出すと、松之助さんは目を細めた。

「へえ、仲いいんやなあ」

「そうですかね。まあ確かに、うちの両親はよくふたりで出かけたりしてますけど」

「ああ、いや、親御《おやご》さんたちの話とちごて。莉子は親御さんと仲いいんやな」

松之助さんは感心したように頷いて、スマホを私に返してくる。

思いがけないその言葉にキョトンとしながら、私は差し出されたそれを受け取った。

「別に普通だと思いますけど……？」

うちの家族は特に仲が悪いというわけでもないけれど、そこまで仲がいいわけでもない。実家は楽だなあと思うことはあっても、出ていくときにそこまで寂しさを感じることはないというか。どちらかというと、さっぱりした関係だと思う。

松之助さんの言ったことがいまいちピンと来なくて、スマホを片手に首を傾げていれば、フンと鼻で笑われた。

「え、なんでそんな笑い方するんですか」

「いや、自覚ないんやなと思って」

意味ありげにそう言って、松之助さんはさっさと仕込みに戻ってしまう。

「……？」

頭の上にハテナが浮かぶのを感じながらも、途中で止まってしまっていた掃除を再開すべく、私はスマホをポケットにしまった。こういうのは多分、深く考えてもよく分からないだろうから。

時刻はもう夕方六時を迎えようとするところ。急がないと、お客さんたちが来てしまう。そう思って「よし」と気合いを入れたときだった。

「にゃいにゃい」

店先でスタンバイしていたごま吉の声とともに、ガラッと開いた店の入り口。

「ごめんくださぃ」

続いて聞こえてきた声に、『いらっしゃい』と反応しそうになって思い止まる。

だってまだ、鳩時計が鳴いていない。

「すみません、開店前なんですが——」

そう言いながら入り口のほうを見て、私は思わず口を閉ざした。

透き通るような白い肌。上品な赤い唇。スッと通った鼻筋。大きな黒い瞳と、長い睫毛《まつげ》。

「ちょっと助けていただけませんか?」

そこにいたのは、可愛いとか綺麗とかでは言い表せない美しさを携えた、桜色の着物がよく似合う女神様だった。

　この店にやってくる神様たちは、みんな総じて顔が整っている。今でこそ酔っ払う姿を見慣れてしまっているから、あまり意識することはなくなったけれど、働き始めた頃はその顔面偏差値の高さに慄いたものだった。

　しかし、カウンター席に座るこの神様の美しさは、今まで出会った神様たちの中でも群を抜いている。

「お、おおお冷とおしぼりです！」

「ありがとうございます」

　あまりの美しさに、ガチガチに緊張しながらお冷とおしぼりを出せば、『木華開耶《このはなさくや》姫命《ひめのみこと》』というそのお客さんはふわりと微笑んだ。

　松之助さんいわく、内宮の宮域《ぐういき》内にある『子安神社《こやすじんじゃ》』というところに祀られている神様らしい。なんでも、安産や子授け、縁結びの神様として信仰されているのだとか。

「緊張しすぎやろ」

　隣で、私とお客さんのやりとりを見ていた松之助さんが、肘で小突いてきた。

「いや、緊張するなってほうが無理じゃないですか？」

　小声でそう言うと、松之助さんはおかしそうに笑う。

「まあ気持ちは分からんでもないけど、そんな緊張しやんくてもええに。サクさんは見た目に反して肝っ玉母ちゃんやから」

「え、お子さんがいらっしゃるんですか!?」

『サクさん』と呼ばれたお客さんは、お冷をひと口飲んでいた。その所作も美しく、桜色の着物の袖からチラリと見えている手首は白く細い。とてもじゃないけれど子どもがいるようには見えなくて驚く。

「うん。ひとめぼれされて結婚して、一夜で子どもができたんやけど、旦那には『本当にそれは自分の子どもなのか』って疑われてさ。ぶち切れたサクさんはその疑惑を晴らすために、火の中で出産したんやって」

「……はい?」

さらさらと流れるように説明をしてくれた松之助さんに、思わず聞き返した。

なんか、ツッコミどころが満載だったような気がする……。

「サクさんは『あなたとの子なら、なにがあっても無事に産めるはず』的なこと言って自分で産屋《うぶや》に火放ったらしいで」

ぶっ飛んだ話すぎてついていけず、パチパチとまばたきした。

今の話を私の小さい脳みそで噛み砕いて考えてみても、スケールが壮大な昼ドラという感じで現実味がない。いや、まあ、神様の話をしている時点で現実味とかいう問題でもないような気がするのだけれど。

「火の中、熱くなかったのかなあ……」

口からポロリと出てきたのは、小学生並みの感想だった。

目の前に座っているサクさんはやっぱりしとやかで美しく、そんな大胆な行動をとるようなタイプには見えない。松之助さんは『肝っ玉母ちゃん』と言っていたけれど、見た目とのギャップがありすぎて、私の中ではどうにも繋がらなかった。

「松之助、その話をよく知っていますね。誰かに聞いたんですか？」

話を聞いていたサクさんが、感心したように口を開いた。

「いや、酔っ払ったサクさんが延々言っとったのを覚えとるだけやで」

「あら、そうでしたか」

サクさんはそう言って、ニコリと微笑む。否定しないということは、この話は本当なのだろう。

人は見かけによらないなあ、と思いながらサクさんを見て……そういえばサクさんは人じゃなくて神様だった、と思い直した。

「ところでサクさん、ここ来んの久しぶりやけど、今日はどうしたん？」

「ああ、そうでした」

松之助さんが話題を変えると、サクさんは思い出したように手をひとつ叩く。

「こんなことをあなた方にお願いするのは、少し間違っているような気がするのですが……」

　申し訳なさそうに眉毛を下げながら前置きして、視線をおしぼりに落とす。ふっと息を吐いたかと思えば、サクさんは顔を上げてこう言った。

「人の子を、助けたいのです」

「人の子っていうのは、えっと、人間の子どもってことですか？」

　私が確認するように尋ねると、サクさんはコクリと頷いて口を開く。

「どこからお話しすればいいのか……。私が人々に安産や子授け、縁結びの神として知られているということは、お話ししましたっけ」

「あ、いえ。さっき松之助さんから聞きました」

　松之助さんの説明を思い出して答えれば、サクさんは「そうでしたか」と呟いて、話を続ける。

「そのこともあって、私の社にやってくるのは若い女性や夫婦、家族連れが多いのですが。ここ最近、毎日のようにやってくる小さい男の子がいたのです」

「それは珍しいな」

　私の隣で松之助さんが意外そうに声を上げた。

　確かに、サクさんの祀られている神社に小さい男の子が毎日のようにやってくるというのは、ご利益などを考えると少し不思議な気がする。子どもが妊娠とか出産のことをお願いするとはあまり思えない。

「ええ。普段は似たような願いを持った人々を相手にしているので、私としてもその子の存在は新鮮で、気にかけてはいたのです。その子はいつもランドセルを背負って、夕方ひょっこり現れるのですが、鳥居はくぐるのになにも願わず帰っていくことがほとんどで」

「神社へ行って、なにも願わないんですか」

思わず呟くと、サクさんは小さく頷いた。

私の中では、神社はお願いするところだというイメージが強い。もちろん世の中には、散歩でふらっと寄るだけだとか、写真を撮りに行くだけだとか、そういう人もいるのだろうけれど。

「私の社は内宮の宮域内にあるので、神社に来る気のない人間が迷い込んでやってくるようなところではないのです。それに、小さな男の子が毎日やってくるほど、遊び場所として魅力があるわけでもありません。なので余計に、どうして毎日やってくるのか気になっていて」

サクさんはそこまで話して、ふうと息を吐いた。

自分の社に毎日やってくる男の子の目的が知りたい。サクさんの話をまとめると、多分そういうことだろう。そこまでは理解できた。だけど……。

「それがその、人の子を助けたい、っていうのとどう繋がるんですか？」

尋ねた私に、サクさんはこう答えた。

「先ほど、その子の両親がやってきたのです」

「え……？」

「今日はその子が来なかったものですから、なにかあったのかと私も心配していたところでした。すると、五時半過ぎだったでしょうか、その子の両親が駆け込むようにやってきて、『うちの子が帰ってきますように』と願っていきました」

そのとき、ポッポー、と鳩時計が六回鳴いた。三月の伊勢神宮は、夕方六時に終わる。窓の外はすでに薄暗かった。

「その子は今、おはらい町で迷子になっているのです」

さらに話を聞くと、どうやら両親がお願いに来たあとすぐ、気が気でなかったサクさんは力を使ってその子がどこにいるのかを探し出したらしい。今もその子の所在は分かっているけれど、それをどう両親に伝えたらいいか分からなくて、この店に相談に来たのだという。

「そうだったんですね。でも、お願いに来たのがその子の両親だって、どうして分かったんですか？」

話を聞く中でひとつ疑問だったことを問うと、サクさんは「ああ」と頷く。

「単純に、その子と父親の顔がそっくりだったのと……これは私の力のひとつなのですが、私は人間の血縁関係を見ることができるのです」

なるほど。つまり、風の神様であるシナのおっちゃんが風を吹かせたり風に乗ったりできるように、子どもや家族の縁に関する神様であるサクさんには、その家族関係が見えるということか。

毎度のことながら、やっぱり神様ってすごいなあ。

私が「へえ」と感嘆の息を吐いていると、サクさんはまたポツリと口を開く。

「私も母親ですから、子どもが帰ってこなくて心配だという親の気持ちはよく分かります。一刻も早く、その子を両親のもとへ送り届けてあげたいと思うのですが、神である私がひとりの人間に肩入れしてもいいものかと迷う気持ちも――」

「松之助、ビール！」

複雑な気持ちを語るサクさんを遮るように、ガラッと引き戸の開く音がした。

ほぼ毎日聞いている声に視線を向けると、案の定トヨさんがフラフラと入ってくるところだった。

「……トヨさん、もうちょい静かに入ってこれやんの」

「あら、サクちゃんじゃないの。久しぶり～」

サクさんと話していたときよりも低い声で松之助さんが注意したけれど、トヨさんはそれを気にも留めず、サクさんに声をかけながらいつものカウンター席に座る。

「トヨちゃん、ご無沙汰しております」

声をかけられたサクさんも小さく手を振りながら答えているのを見るに、きっと知り合いなのだろう。

「サクちゃんがこの店に来るなんて珍しいわね。あ、松之助、唐揚げもお願い！　この唐揚げおいしいのよ～、サクちゃんも一緒に食べない？　ついでにちょっとお酒付き合ってよ」

トヨさんはいつもの調子で注文をしつつ、サクさんを誘う。

「お酒は最近控えているのですが……」

「え～、いいじゃない少しくらい。子どもたちもみんなとっくに成長して、家を出ていってるんでしょ？　たまには羽伸ばしちゃおうよ」

「……それでは一杯だけ、いただきます」

おしとやかで美しいサクさんと、呑兵衛《のんべえ》でざっくりした性格のトヨさん。随分とタイプが違うし、合わなさそうに思えるけれど、逆にそのほうがよかったりするのだろうか。キャッキャとサクさんに話しかけているトヨさんは、すごく生き生きして見える。

「莉子、ボケッとしとらんと、ビール」

「あ、はい」

二柱《ふたはしら》のやりとりをぼんやり眺めていた私を、松之助さんが小突く。すでに唐揚げの調理に取りかかっていた彼は、真剣な顔で油の温度を見ていた。

私は冷えたジョッキを傾けながら、泡が立ちすぎないよう慎重にビールを注ぐ。松之助さんに毎日しごかれて、ようやく任せてもらえるようになった仕事だ。

だけど、これがなかなか難しい。学生のときや前の会社にいたときにも、飲み会でビールを注ぐことは何度かあったけれど、ビールを注ぐという行為自体に集中したことはなかった。それよりも、愛想笑いを浮かべて上司の話についていくことに必死だったのだ。

ビールと泡の比率が七対三になったのを確認して、小さくガッツポーズをする。

最初は、ビールなんてどう注いでも変わらないだろうに、と松之助さんをうるさく思ったこともあった。だけど、この比率が一番おいしいことも、おいしいものを提供するのはお客さんたちにホッとしてほしいからだということも、ちゃんと教えてもらった今では、それにこだわる大切さが分かっているつもりだ。

「松之助さん、これでどうでしょうか」

少し緊張しながら小声で聞いてみると、松之助さんがチラリと私の持つジョッキに視線を向ける。

「うん、ええよ」

頷きが返ってきたことに安堵《あんど》しながら、もうひとつのジョッキにもビールを注ぐ。

そうしてふたつのジョッキをトヨさんたちへ出そうとすれば、ケラケラと笑う声が聞こえてきた。

「迷子を助けたいけど、そんなことしてもいいのか分からなくて悩んでるって？　真面目ねえ、サクちゃんは。勤務時間外になにしてようと自由でしょ」

どうやらビールを待っている間にサクさんから話を聞いたらしい。トヨさんはサクさんの肩をパシパシと叩きながら笑っている。

神様に勤務時間って……とツッコミを入れたくなる気持ちを抑えながら「お待たせしました」とビールを置くと、私の顔を見てトヨさんは思い出したように話し始める。

「私なんてね、神の権限使いまくりよ？　行きつけの居酒屋の人手不足とひとりの人間の願いを叶《かな》えるために、その人間呼び寄せて私たちのことを見えるようにしたんだから。ね、莉子？」

「で、ですねー」

話を振られると思っていなかったため、ぎこちなく返事をすれば、トヨさんはぐいっとビールを煽る。

私がここで働きだした経緯を改めて思い返すと、トヨさんがかなり好き勝手した結果のような気もする。いや、まあ職をもらえたのはありがたいことだけれど。

「トヨちゃん……、随分と大胆なことをしたのですね……」

話の流れからこの店と私のことを言っているのだと察したらしい。サクさんは少し引いたようにそう言いながらも、トヨさんの話を聞いて心が決まったようだ。

ちょうど唐揚げを持ってきた松之助さんがカウンターにお皿を置くのを見てから、サクさんは「松之助、莉子」と呼んだ。

大きな黒い瞳が、私たちを映す。

「あの子のことを、助けてあげてください」


トヨさんが『おいない』と念を送り始めてから五分ほどした頃。カララ、と控えめに引き戸が開く音がした。

「いらっしゃい」

「い、いらっしゃい！　お好きなところへどうぞ」

時刻はちょうど午後七時。松之助さんのあとに続いて声をかけながら、入り口へ視線を向ける。

今にも泣きだしそうな顔をしてやってきたのは、坊主頭の小さな男の子だった。歯がちょうど抜けたところなのか、上の前歯が二本ない。

サクさんから小学生だと聞いていたけれど、小学生ってこんなに小さいものだっただろうか。ランドセルを背負ったら、それだけで身体が隠れてしまいそうだ。

そんなふうに思いながら男の子の様子を窺っていたけれど、男の子は一向に動こうとしない。グッと唇を噛みしめて、丸い瞳で私たちふたりをじっと見つめたまま、立ちすくんでいる。

えーっと、なにこの状態……。どうしたらいいんだ……。

気まずい空気をどうにかしたくて、隣に立つ松之助さんに助けを求めようとすれば、我関せずといったように頭をガシガシとかいていた。

「……松之助さん」

非難するように小さく名前を呼ぶと、バツが悪そうにそっぽを向いて、こんなことを言う。

「子どもの相手とかしたことないで無理」

「ええー……それ、今言います？」

サクさんに相談された時点で白状しておいてくれたらいいものを。今さら知らされた衝撃の事実にコソコソと文句を言っていれば、カウンター席に座ったままのトヨさんとサクさんが口を開いた。

「ちょっとお、ふたりとも笑顔が硬いわよ。特に松之助、ただでさえ強面なのに緊張するともっと怖い顔になるんだから、気をつけなさいよね」

「子どもと話をするときは目線を合わせるの。これ基本だから、覚えといて」

お酒が回ってきたのか、サクさんはさっきまでと比べて砕けた口調になっている。

「私のビールと唐揚げを取り上げたんだから、名前を聞いて親に連絡するくらいやってあげてよね」

「トヨちゃん、もう三杯も飲んだあとでしょ。ぐだぐだ言わない」

「えー」

男の子には神様が見えていないわけだから、カウンターの上にビールや唐揚げが置いてあったら不自然に思われるだろう。松之助さんのそんな判断によって片付けられてしまったのがトヨさんには不服だったらしい。

いつも座敷で宴会をしている神様たちも、ちらほらと集まってきていたけれど、注文をするのは待ってもらうことにしていた。

「座敷のおっちゃんたちなんて、お冷すら出してもらってないんだから。ちょっとくらい我慢しな」

「ああ、まあ確かにね。せっかく来たのに、おっちゃんたちもタイミングが悪いわよねえ。でも、それと待てるかどうかは別の話よ」

サクさんとトヨさんは男の子に見えていない、聞こえていないのをいいことに、好き勝手におしゃべりをしている。

いつだったか、人間が店に来たときは面白がって騒ぐお客さんばかりだと松之助さんが嘆いていたけれど、トヨさんはその筆頭なのだろう。もう少し静かにしていてほしい。……まあ、それはいいとして。

「サクさんのキャラ変わってません……？」

「素はこっちやで」

結局トヨさんに付き合って三杯もビールを飲んだサクさんは、アルコールが入ると口調が変わるタイプらしい。さっきまでのおしとやかな雰囲気が崩れかけていた。松之助さんが言っていた『肝っ玉母ちゃん』というのは、こっちのサクさんのことなのだろう。

まともそうな神様に出会えたと思ったのに、ぬか喜びだった。いや、そもそもぶっ飛んだ存在である神様に対して、まともであることを求めている私のほうが間違っているのかもしれない。

そんなことを思いながらも、名前を聞いて親に連絡するというヒントをトヨさんからもらった私は、サクさんに言われたとおり目線を合わそうと、カウンターから出てニッコリと笑顔を作りながらしゃがみ込んだ。

「ボク、ひとりかな？」

「…………」

なるべく優しく、ゆっくりと話しかけてみる。しかし、男の子からの反応はない。

「お、おうちの人は一緒じゃない？」

「…………」

「……えーっと……」

ギブアップ。なにを言っても反応が返ってこないお客さんを相手にするのは初めてで、これ以上どうしたらいいのか分からない。

どうすんのこれ、と誰かにすがりたくなって男の子から目を逸らそうとしたときだった。

「コロッケ……」

「え？」

不意に聞こえた小さな声。それまでずっと口を閉ざしていた男の子からこぼれ落ちた言葉。

反射的に聞き返すと、男の子はギュッと両手にこぶしを作って、もう一度口を開いた。

「コロッケ、みっつください！」

きっと、それを言うのにだいぶ勇気を使ったのだろう。

「コロッケ？　三つも食べるの？」

少し驚いて聞き返せば、男の子の視線がみるみるうちに下がっていく。

どうしたのかと顔を覗き込もうとすると、それより先に男の子が口を開く。

「……う」

「う？」

「う……うあああん！」

店内に響き渡るほどの大きな声でハキハキと言ったあと、堰《せき》を切ったように両方の目から大粒の涙がこぼれ落ちた。


「あのな、こたろーな、ひとりでおかいものできるんやで」

ボロボロと泣き叫んでいた姿はどこへやら。松之助さんに出してもらったオレンジジュースを飲みながら、男の子――虎太郎《こたろう》くんは得意げに話しだした。

とにかく泣き止んでもらおうと、あたふたしながら言葉をかけてみたり、背中をさすってみたりと、必死になっていろいろ試したもののうまくいかず。途方に暮れていた私を救ったのは、『別のことに注意を向けさせたら、意外とケロッと泣き止んだりするわよ』というサクさんの助言だった。

騙《だま》されたと思って『リンゴかオレンジ、ジュースはどっちがいい？』と聞いてみたら、ケロッとした顔で『オレンジ』なんて答えるものだから驚いた。

そんなこんなで、てんやわんやした私は、すでに今日の給料分は働いたような気持ちだった。

とはいえ、松之助さんはコロッケの調理に入ってしまったため、虎太郎くんの相手をするのは私しかいない。

「りこちゃん、きいとる?」

虎太郎くんはコテンと首を傾げて、丸い瞳で私を見てくる。

「聞いてる聞いてる」

「ほんまに?　ちゃんときいとってな?」

子どもの相手って思っていたより大変だ。全世界の子育てしている人みんなを尊敬する。

「虎太郎くんは、今日も買い物に来たの?」

「あのな、かあちゃんがな、コロッケたべたいなっていっとったん」

私の質問に答えるというよりは、思いつくままに話したいことを話している。これは会話になっているのだろうか。

「……うん?」

首を傾げた私に、サクさんが「まあまあ、莉子」と微笑んだ。

「ここは少し、虎太郎の話を聞いてみましょ。どうして迷子になっていたのか判明しそうな感じがするわ」

「それが分かったら親の連絡先聞いてよ。ササッと帰してあげよ～」

トヨさんは視線を虎太郎くんに向けたままそう言った。

カウンター席で足をぷらぷらと揺らしている虎太郎くんを、トヨさんとサクさんでちょうど挟むように座っている。興味深そうに坊主頭を撫で回したり、ほっぺたを人差し指でつついてみたりと触りまくっているトヨさんとは対照的に、サクさんは虎太郎くんの表情を時折窺いながらも落ち着いた様子だった。

サクさんにとっては、迷子になっていた虎太郎くんを助けてあげることが第一だったわけだから、とりあえずこの店に呼んだことで安心しているのだろう。店に駆け込んできたときよりも振る舞いに余裕がある。小さい子との接し方を教えてくれるサクさんは、母親の顔をしていた。

まあサクさんが言うなら、もう少し話を聞いてみるか。

そう思って虎太郎くんに視線を戻す。

「そんでな、こたろーな、かあちゃんにコロッケこうてきたろっておもってな、おかねもってきたん」

「そっか。虎太郎くんのお母さんは、それ知ってるの?」

私が尋ねると、虎太郎くんは「ううん」と首を横に振る。

「ひみつ！　とうちゃんもかあちゃんも、びっくりさせたんの」

「え？　なにも言わずにお金持ってきちゃったの？」

「これ、こたろーのおかね。おてつだいちょきん」

ニシシと笑いながら、虎太郎くんは首から提げていた青色のコインケースを握った。新幹線のキャラクターが描かれたそれを振ると、ジャラジャラと音がする。

「お手伝い貯金？」

「かたたきと、おさらあらいと、げんかんそうじしたらな、おかねもらえるん。みせたろ」

「え？　いや別に見せてくれなくてもいいけど……」

私が遠慮するのも聞かず、虎太郎くんはジーとコインケースのチャックを開ける。そのあとどうするんだろう、とぼんやり眺めていれば、あろうことか虎太郎くんはコインケースをひっくり返し、中身をカウンターの上に出した。

「ちょ、ちょっと！」

慌てて止めようとするも、時すでに遅し。

「どう？　すごい？」

空っぽになったコインケースをパタパタと振って、虎太郎くんは得意げにしている。

「あら。派手に出したわね」

「ねえ、これ片付けるの大変じゃない？　ていうか、見事に十円玉ばっかりよ」

サクさんとトヨさんはカウンターの上に広がった十円玉を見て、悠長にそんなことを言っている。

　コロッケを作っていた松之助さんもジャラジャラという音に反応したのか、ひょっこりと顔を出して状況を把握すると、苦笑いを浮かべた。それからふと、確認するように口を開く。

「虎太郎。お前がコロッケ買いに行ったん、どこの店？」

「ぶたすて！」

「ぶ、ぶたすて？」

　虎太郎くんの口から出てきたのは、聞き慣れない単語だった。そんな名前のお店があるのだろうかと首を傾げていると、松之助さんは「やっぱりか」と納得したように頷いて、そのまま調理に戻っていってしまう。

　お店を確認してなにがしたかったんだろう、と疑問に思っていれば、サクさんとトヨさんが口々に説明を始める。

「『豚捨《ぶたすて》』っていう精肉店の営む牛肉料理の専門店があるのだけれど、門前町でも人気のお店でね、いつも行列ができてるの」

「牛肉入りのコロッケが、揚げたてサクサクでおいしいのに値段もお手頃でねえ。確か一個百円くらいで買えたんじゃなかった？　インスタにもよくアップされてるわよ」

「いやいや、トヨさん詳しすぎるでしょ」

思わずツッコミを入れれば、ジャラジャラと十円玉を触っていた虎太郎くんが首を傾げた。

「とよさん？」

……ヤバい、忘れてた。虎太郎くんには神様たちが見えていないいんだった。

顔を青くする私に対して、トヨさんはお腹を抱えてゲラゲラと笑っていた。完全にこの状況を面白がっている。

「あ、あー……いやー……」

「？」

虎太郎くんはキョトンとしたまま、私から目を逸らさない。

人を疑うことを知らない純粋な瞳で見られると、下手に言い逃れできない気がしてきた。冷や汗がたらりと背中を流れていく。

どうにかして話を逸らせないだろうか。

そう思って視線を動かせば、カウンターの上に出されたままの十円玉が視界に入ってきた。

題を変えた。

「これ、何枚あるの？」

ザッと見た感じ、二十枚以上はありそうな十円玉を指差しながら、私は無理やり話題を変えた。

これでどうにか、さっき私が口を滑らしたことを忘れてくれないだろうか。

そんな期待をしつつ、チラリと虎太郎くんの様子を窺う。私に向いていた視線は、カウンターの上の十円玉へと落とされている。

ひとまず、興味がそちらへ移っていたことにホッとした。そのときだった。

「……う」

唸《うな》るような声が聞こえた。何事かと思えば、泣き止んだはずの虎太郎くんがぐすぐすと鼻をすすり出している。

「え？　え、どうしたの虎太郎くん。オレンジジュース飲む？」

慌ててカウンターの中から身を乗り出す。背中をゆっくりさすりながらオレンジジュースを勧めると、虎太郎くんは小さく頷いてストローに口をつけた。

「もう莉子、なに泣かせてんの。早くビール飲みたいんだから、さっさと解決してあげてよ～」

「あ、ね、ねえ！」

「こらトヨちゃん、急かさないの」

「ちぇ」

トヨさんとサクさんが言い合うのを聞きながら、私は虎太郎くんとのやりとりを思い返す。

さっきの質問で泣くようなことあったかな。お金の枚数聞いただけなのに。どこで泣くスイッチが入ったのだろう。

「……にじゅうごまい」

分析していた私に、少し落ち着いた様子の虎太郎くんが口を開いた。十円玉を指差しているところを見るに、私の質問に答えてくれたということだろう。

十円玉が二十五枚。二百五十円。家の手伝いをして、それだけ貯めたのはすごいことだと思うけれど、虎太郎くんの表情はそこまで明るくない。

お金のことで、なにかあったんだろうか。

ふと抱いた疑問は、次の言葉で解明された。

「コロッケみっつ、かえやんだん」

虎太郎くんの話をまとめると、おうちの人に内緒でコロッケを買いに来たはいいもののの、お金が足りないことに気づいて、帰るに帰れなくなっていたらしい。ウロウロしていたら、いつの間にか知らないところに来てしまっていたのだとか。

「お金が足りないって気づいた時点で帰ったらよかったのに」

ズゴーッとストローでジュースをすすっている虎太郎くんにそう言えば、ハッとしたような顔をして「そっか」と呟いた。コロッケを買うということで頭がいっぱいになっていて、それ以外の発想がなかったのだろう。

確かに子どものときって、突然のハプニングに対応する力というか、臨機応変さというか、そういうものは持ち合わせていなかったような気がする。

「でもな、ぜったい、きょう、かいたかったん」

ぼんやりと自分が子どもだった頃を思い返していると、虎太郎くんはそう口にした。

「今日なにかあるの？　お母さんの誕生日とか？」

「ちゃう。かあちゃんにな、よろこんでほしかったん」

首を横に振って答えた虎太郎くんに、私は感心して「へえ」と頷く。

今日は別に母の日でもないのに、そうやってお母さんのことを思って買い物に来るなんて、虎太郎くんの心は純粋に優しく育っているのだろう。私なんてもう長らく、母の日や父の日でさえスルーしてしまっている。

別に、両親や家族のことを大切に思っていないわけではないけれど、いちいち感謝を伝えるというのも気恥ずかしいというか、面倒くさいというか、なんだかんだ忘れてしまっているというか。気づいたときにはもうその日が終わっていて、タイミングを逃していることがほとんどだった。

「莉子、ちょっとバット取ってくれやん？」

まあ別に今さら改まって伝えるほどの仲でもないし……、と両親の顔を思い浮かべていた私の隣で、松之助さんはコロッケのタネを作り終えたらしい。

「あ、はい」

言われた通りにバットを渡すと、松之助さんはそこにパン粉を広げた。小判型に丸めたタネに小麦粉をまぶして、溶いた卵とパン粉をつけて油の中に入れていく。

「わああ……」

松之助さんの鮮やかな手つきを眺めていれば、虎太郎くんも興味津々といった様子で少し身を乗り出していた。

「おいしいコロッケが出来上がりそうだね」

「うん！」

声をかけると、虎太郎くんは嬉しそうに頷く。

「松之助、私たちの分もコロッケ作っておいてね」

「もう、トヨちゃんったら」

注文をしたトヨさんは、じっと座っているのに飽きてきたらしく、座敷のほうで寝転びだした。サクさんはそんなトヨさんを咎《とが》めるように声をかけている。

店にかかっている鳩時計を見ると、もう時刻は午後八時を回っていた。さすがにおうちの人も心配するだろうし、トヨさんの退屈アピールもすごい。そろそろ連絡したほうがいいだろう。

「ねえ、虎太郎くんちの電話番号――」

そう思って、口を開きかけたときだった。

「あかちゃんなんか、いらんって、いったん」

「え？」

ポツリと虎太郎くんが呟いた言葉を、咄嗟《とっさ》に聞き返す。

虎太郎くんの隣に座っていたサクさんが、ピクリと反応した。

「あ、赤ちゃん？」

それは、これまでの話で一度も出てきていなかった単語だった。確認するように問えば、虎太郎くんはコクリと頷いて、ゆっくりと話しだす。

「きのうな、しゅくだいするまえにゲームしとって、おこられたん。そんなことしとったら、おにいちゃんになれやんよ、って」

「えーっと、虎太郎くんには、弟か妹がいるの？」

「かあちゃんのおなかに、あかちゃんがおるん」

お腹に、赤ちゃん。それを聞いてピンと来るものがあったのだろう。サクさんは、虎太郎くんへと向けていた視線を急に私のほうへ向けたかと思えば、こう言った。

「莉子、今思い出したんだけど、この子、両親と一緒に私の社へ来たことがあったわ」

思わず「えっ」と声が出そうになったのを、慌てて抑える。

迷子になっていたのを助けようと思うほど虎太郎くんのことを気にしていたのに、けっこう肝心なことを覚えていなかったとは。

しかもサクさん、虎太郎くんが毎日やってくるのはどうしてだろう、みたいなことまで言っていたのに。いや、まあ、似たような人間の願いを毎日聞いているわけだから、忘れてしまっていたのも仕方ないのかもしれないけれど。

「そんなんでおこられるなら、おにいちゃんになんかなりたくないいって。こたろー、あかちゃんなんか、いらんってていったん」

虎太郎くんはカウンターの上に出したままだった十円玉を、コインケースの中に一枚ずつしまいながらそう口にする。

「でもな、ほんとはな、あかちゃんはやくうまれやんかなって、まいにちじんじゃいっとるん」

「神社……」

「あかちゃんのじんじゃ。おねがいのしかた、わからんかったけど、まいにちいっとったら、だいじょうぶかなって」

きっと、虎太郎くんは両親とサクさんの社に行ったとき、安産のご利益があることを知ったのだろう。それ以降、学校帰りにひとりで行くようになったものの、参拝方法が分からなくて、立ち寄るだけだったということか。

「そういうことだったのね」

サクさんは納得したように頷いて、そっと虎太郎くんの坊主頭を撫でる。

「やからな、コロッケかって、かあちゃんにごめんねってするん」

そう言って、虎太郎くんがニシシと笑ったときだった。

ガラッと引き戸の開く音がした。『いらっしゃい』と反射的に言いかけて口を閉ざす。

やってきたのが神様だった場合、虎太郎くんにどうやって言い訳をしたらいいんだろう。常連のおっちゃんたちの誰かが遅れてやって来てもおかしくない時間帯だし、それでなくてもこの店に来る大半は神様だというのに。ああ、こうなることを想定して、ごま吉に『神様は店に入れないで』とあらかじめ言っておけばよかった。

そんなことをグルグルと考えながら、恐る恐る視線を向ける。

「ごめんください、この辺りで小学一年生の男の子を――」

そんな声がしたかと思えば、三十代くらいの男女が店の入り口に立っていて、驚いたように途中で言葉をなくし、こちらを見ていた。

スーツ姿の男性は仕事終わりらしく、ネクタイは外されている。丸い瞳が虎太郎くんとよく似ている。そしてショートカットの女性は、ボーダー柄のトップスと細身のジーンズというラフな服装の上から、暖かそうなコートを羽織っていた。そのお腹は、傍から見ても分かるくらい膨らんでいる。

その身なりを見るに、きっとこのふたりは神様ではなく……。

「とうちゃん、かあちゃん！」

虎太郎くんがピョンと椅子から飛び降りた。このふたりは虎太郎くんのお父さんとお母さんで間違いないようだ。

「虎太郎！」

「……虎太郎っ」

嬉しそうに名前を呼んだお父さんとは対照的に、お母さんのほうは虎太郎くんが見つかったことにホッとしたのか、目元を覆いながら名前を呼んだ。

「よかったな」

出来上がったコロッケをパックに詰めながら、松之助さんは呟く。

私も親子が再会できたことにほっこりしながら「そうですね」と頷いた。しかし、そこでふと気づく。

「あれ、でも私、まだ連絡してないですけど……？」

というか、家の電話番号すら聞いていない。知らない間に連絡していたのかと隣に視線を向けたけれど、松之助さんは首を横に振る。

それじゃあ、虎太郎くんの両親は偶然ここを通りかかったのだろうか。分かりにくい場所なのになあ、と思っていれば、座敷でゴロゴロ転がっていたトヨさんが小さく手を挙げた。

「あ、待つの飽きちゃったから、いつもみたいに『おいない～』って呼んだの。ずっとこの辺探し回ってたから、そうだろうな～と思って」

「トヨちゃん、いくらビールが飲みたかったからって……」

そう言ってサクさんはじっとりとトヨさんに視線を向ける。

「やだもう、サクちゃん怒らないでよ。結果オーライでしょ、手間も省けたんだし」

自由すぎるトヨさんに、私たちは揃ってため息をついた。

いや、まあ確かに電話する手間は省けたけれども、その理由がビール飲みたいからって……。

「すみません、息子がお世話になったみたいで」

トヨさんに呆れていると、虎太郎くんのお母さんが申し訳なさそうに声をかけてきた。

「あ、いえいえ、お気になさらないでください」

私がそう対応する隣で、松之助さんがパックに詰めたコロッケを虎太郎くんに渡していた。

「ほら、コロッケ。まだ熱いで持つの気をつけてな」

「ありがと！」

虎太郎くんはニコッと笑って、両手でそれを受け取る。

「コロッケ……？」

「お母さんにって。でも三つ買うにはお金が足りなかったみたいで――」

不思議そうに首を傾げたお母さんにかいつまんで説明すると、驚いたように目を見開いてから、虎太郎くんと視線を合わせるように膝に手をついた。

「かあちゃんが食べたいなって言ったの、覚えとったたん？」

「うん！」

「そっかあ……、ありがとね虎太郎。家帰って、とうちゃんとかあちゃんと虎太郎と、三人で食べようね」

お母さんはそう言って、嬉しそうに目尻を下げる。

座敷で寝転んでいるトヨさんも、カウンター席に座ったままのサクさんも、虎太郎くん親子のやりとりをニコニコと見守っていた。

これにて一件落着、と誰もが思ったときだった。

「ちゃうに」

「え？」

不意に、虎太郎くんの口から発せられた否定の言葉。

この期に及んでなにを言いだすのだろうと、少し緊張しながら続きを待っていれば。

「これな、とうちゃんと、かあちゃんと、あかちゃんのぶん」

はっと息を呑んだ。その言葉は、私も松之助さんも神様たちも、もちろん虎太郎くんの両親だって想像していなかったに違いない。

みるみるうちに、お母さんの目が潤んでいく。お父さんは口元に手を当てて、窓の外へ視線を向けていた。

「こたろー、おにいちゃんやから、みんなにかってきたんやで」

そう言って、得意げにコロッケを掲げてみせる。

すっかりお兄ちゃんの顔になっていた虎太郎くんは、お父さんとお母さんに頭を撫でられて、満面の笑みを浮かべていた。


「いやあ、しかしよかったですね」

午前二時。眠ってしまった神様たちにブランケットをかけ終えて、カウンターの中へ戻ると、皿洗いを終えた松之助さんがまかないを作ってくれていた。

「よかったって?」

「虎太郎くんのことですよ。なんかじんわりきちゃいました」

「ああ。確かにな」

私の言葉に、松之助さんも頷いて同意を示す。

普段あまり子どもと関わる機会がないからか、ああいう純粋な気持ちに触れると自分の心まで浄化されたような気持ちになった。

虎太郎くんと両親のやりとりを思い出しながらその余韻に浸っていれば、「食べる準備して」と松之助さんから声が飛んでくる。

その言葉を聞いて、調理台を掃除していたキュキュ丸たちが「キュッ」と鳴きながら退散していった。私たちが食べるためのスペースを空けてくれたのだろう。「ありがとう」とお礼を言えばカウンターのほうから「キュキュッ!」と返事が聞こえた。

「今日のまかないは、虎太郎のおつかいコロッケやで」

「わ、やったあ。どんな味がするのか、ちょっと気になってたんです」

調理台の上に置かれていく、おいしそうなまかない。そのお皿のひとつにコロッケが盛られていた。私は折りたたみの椅子をふたつ持ってきて、調理台の前に置く。

白いタオルを頭から外した松之助さんが椅子に座ったのを見て、私も腰を下ろした。

「いただきます」

「いただきます！」

ふたりで手を合わせてから、私は真っ先にコロッケへとお箸を伸ばした。

まかない用に、タネを揚げずに残しておいてくれたらしい。ついさっき揚げられたばかりのそれは、湯気が出ていて熱そうだ。

ひと口で食べるには少し大きく、こぶしよりも小さなサイズのそれを、どう食べようかとお箸で掴んだまま迷っていると、隣からプッと笑う声が聞こえた。

「え、なんですか？」

どうして笑われたのか分からなくて首を傾げると、松之助さんはクスクスと笑いながら答える。

「そんな食べ方で迷わんでもと思って」

「いや、どう食べるのが正解かなと」

「正解もなにもないやろ。まあ、ちょっと小さめにって意識して作ったんやけどな」

小さめに意識した？　それって、どういうことだろう。小さく作ったほうが、火が通りやすいからとか、そういうこと？

ハテナをたくさん浮かべた私を見かねて、松之助さんがまた口を開く。

「虎太郎がさ、豚捨のコロッケを買いに来たって言っとったやろ？」

「ああ！　そういえば私、どうしてお店の名前を確認したんだろうって、疑問に思ってました」

あのときは松之助さんがすぐに調理に戻ってしまって聞くことができなかったことを思い出す。

「あれ確認したんは、虎太郎が買おうとしとったコロッケに、できるだけ近づけたもんを作りたかったからでさ。この辺でコロッケっていったら、ほぼ間違いなく豚捨やろなとは思ったんやけど」

「そんなに有名なお店なんですね」

トヨさんとサクさんからチラッと情報をもらってはいたけれど。松之助さんから聞くと、お店の有名さを改めて感じられたような気がして、大きく相槌を打った。

「うん。まあ、そういう訳で、あそこのコロッケはタネに牛肉が入れてあって、食べ歩きにちょうどいいサイズに作られとるから、その特徴を模してみようと思ったんさ」

松之助さんはお箸でコロッケを掴みながら、私の疑問に答えるように説明してくれた。

虎太郎くんが買いたかったもの――お客さんが手に入れたかったものになるべく近づける。その気遣いがなんとも松之助さんらしい。

「テイクアウト用のは、コロッケが紙でくるっとクレープみたいに包まれとって、底の部分を折り返してソースかけて……ってするんやけど。言いだしたらキリないし、冷める前に食べよか」

「あ、そうですね」

危ない。せっかくの揚げたてを無駄にするところだった。

松之助さんも同じことを思ったのだろう。お箸で掴んだままだったコロッケを口元まで持っていって、息をかけている。

私もそれにならって、ふうふうしてからかじりついた。

サクッといい音がした。中からホクホクのじゃがいもが姿を現す。ちょっと硬めの衣も噛みごたえがあっていい。そしてなにより、ソースもなにもかけていないけれど、お肉の旨味がしっかり出ていて……。

「おいしい！」

隣を見て感激の声を上げれば、松之助さんは「そやろ」と得意げに笑った。


「人の子って純粋で、可愛いものよね」

桜のつぼみが綻びだした三月下旬。そう言ってコロッケをつまんだのは、お酒も入って顔が赤くなっているサクさんだった。

虎太郎くんを助けた日以来、毎日のようにやってきては、必ずと言っていいほどコロッケを注文している。なんでも、これを食べると虎太郎くん親子のことを思い出して、仕事をするモチベーションに繋がるのだとか。

「サクさん、今日は随分と上機嫌ですね。なにかいいことでもあったんですか？」

その隣に座るトヨさんに本日五杯目となるビールを出しながら問いかければ、サクさんはコクリと頷いた。

「それがね、あの子がお礼を言いに来たのよ」

「あの子……って、虎太郎くんですか？」

坊主頭を思い出しながら尋ねると、サクさんは嬉しそうに微笑む。

「父親と一緒にね。『赤ちゃんが無事に生まれました、神様のおかげです、ありがとう』って」

「へえ。本物の兄ちゃんになったんやな」

調理がひと段落ついたらしい松之助さんが、洗った手を拭きながら話に加わってきた。子どもの相手とか無理、なんて言っていたわりに、松之助さんも虎太郎くんのことは気になっていたようだ。サクさんからの話に相槌を打つその頬は緩みっぱなしだった。

「こういう嬉しい報告を聞けたりするから、神様ってやめられないのよね……、よし、おかわり！」

「ええ、神様ってやめようと思ったらやめられるものなんですか？」

「何事にもやりがいって大事ねって話よ」

空っぽのジョッキを受け取りながら、トヨさんの呟きに思わずツッコミを入れれば、サクさんはクスクスと笑ってそう言った。


「……こら莉子。サボっとんな」

「うわっ」

肩を叩かれて振り向くと、松之助さんが眉間に皺を寄せていた。何度も声をかけられていたのに、私は気づいていなかったらしい。

いびきの響く午前二時。いつものように寝てしまった神様たちにブランケットをかけ終えた私は、座敷でスマホを片手に座り込んでいた。

「すみません……」

「はいはい。で、なにしとったん？　ゲームとか言ったらちょっと怒るで」

机の上に広がったままのお皿に視線を向けて謝ると、松之助さんは頭に巻いていたタオルを外しながら私の隣に座り込む。お皿を全部洗ってしまえば、あとはまかないを食べて神様たちが起きるのを待つだけだから、少し休憩しようと思ったのかもしれない。

そんな想像をしつつ、私はいじっていたスマホを松之助さんに見せる。

「お母さんにメッセージ返してなかったなと思って」

それはこの前、温泉に行ったという報告を受けてから、なにも返していなかったメッセージの画面だった。

楽しげな両親の写真に、『それはよかったですね』以外の感情が浮かんでこなかったのだけれど、今思うとこれはうちのお母さんなりの『元気にしてる？』というメッセージだったのかもしれない。実家を出てから全然連絡していない私のことを、もしかしたら心配してくれているのかもしれない。

そんなふうに考えだしたら止まらなくて、なにかしら返そうと思ったのだ。

「こないだはどうでもいいとか言っとったのに？」

「いやー、私も虎太郎くん親子に影響されたというか。近況くらいは伝えておこうかなと」

少し照れくさくなりながら答えると、松之助さんは「へえ」と言いながら口角を上げる。

「松之助さんはどうなんですか？　実家に帰ったり、連絡とったりしてます？」

なんとなく恥ずかしくなって話を振った。すると松之助さんは少し考え込むように時間を置いてから、フッと苦笑いを浮かべる。

「実家か……もう何年も帰っとらんな」

「え、そうなんですか？」

伊勢出身だと聞いていたから、てっきり実家も近いのかと思っていた。

そんな私の疑問を察したのだろう。松之助さんは立ち上がり、机の上に広がったままだったお皿を持ってカウンターの中へと戻っていく。

私も残りのお皿を持ってその背中を追うと、松之助さんはコロッケの残りにホワイトソースとチーズをかけて、トースターに入れていた。今日のまかないはグラタンのようだ。

「俺が生まれたときから〝見える〟体質やったのは知っとるよな？」

「あ、はい。それは知ってますけど……」

流しにお皿を置きながら頷くと、松之助さんは折りたたみの椅子に座るよう指を差す。促されるままに腰を下ろせば、ゆっくりと話し始めた。

「虎太郎くらいの年齢になるまで、自分以外に見えとらんことに気づかんかったから、普通に言っとったんさ。あそこに神様がおるよって」

お客さんたちが寝てしまったあと、こうして松之助さんと話すのは日課のようになっていた。しかしその大半は神様たちや店の話で、松之助さんが自分のことを話すのは珍しい。

いつもより少し低い声で語られていく、昔の松之助さんの話。ただ世間話をするのとは違う空気を感じて、私は背筋を伸ばした。

「でも、親には当然見えとらんわけやから、変なこと言う自分の子どもをどうしたらいいんか、分からんかったんやろな。気づいたときには、必要最低限のことしか話さんようになっとった」

以前、どうしてこの店を始めたのか、尋ねたことがある。

そのときに松之助さんは、理由のひとつに人間と合わなかったことを挙げていた。当時はよく分からなくて、ただ、あまり触れないほうがいい話題なのだろうと、それ以上追及することはなかった。

「そんな……」

「今は莉子も〝見える〟から、俺がなにを言っても信じてくれるけど。普通は信じられやんやろ」

そう言って自嘲気味に笑った松之助さんに、私はなにも言葉を返すことができなかった。

生まれたときから〝見える〟体質だった松之助さんは、たくさんの苦労を重ねてきたのだろう。今話してくれていることはきっと、いろいろあったうちの、ほんの一部分にすぎない。

その一部分だけを聞いて、偉そうに慰めたり、同情したりすることはできなかった。きっと松之助さんもそれを望んで話してくれたわけではないと思ったし、私もそんな上辺だけの反応を返したくはなかった。

「……確かに、簡単には信じられないかもしれません」

もしかしたら傷つけるかもしれない。そう思いつつも素直に答えると、松之助さんは「そやろ」と言って頷く。

恐る恐る出した答えを、松之助さんがさも当然だと言わんばかりの表情をして受け入れてくれたことに、どこかで安堵する自分がいた。

「まあそれでも、理解してくれる人とか認めてくれる人はおったし、神様たちもおってくれたから。道を踏み外すことなく大人になれたんやけどな」

カウンターの向こうを見れば、ぐっすりと眠る神様たちの姿があった。

みんなこの店で飲んだくれることを、毎日の楽しみにしている。たまにすごい無茶ぶりやウザ絡みをしてくるけれど、根はいいお客さんばかりだ。

神様たちが息抜きできる場所を作りたい。そう思って、実際に作ってしまうくらい、松之助さんは神様という存在に救われてきたのだろう。

「……すみません、私、なにも考えずにおうちのこと聞いてしまって」

ポツリと呟くと、松之助さんは私を肘で小突いてきた。

「逆に莉子がなにか考えて発言することのほうが珍しいやろ」

「……うん？　ちょっと待って。それどういうことですか」

「脳みそより口が先に動くタイプやな」

「えええ……、ちゃんと考えて発言してるときもあるつもりなんですけど……」

会話のテンポが、いつもの感じに戻っていく。私がムッとしながら頬を膨らませれば、松之助さんはそれを鼻で笑う。

軽口を叩き合いながらも、私たちふたりの間には、真剣に話をしたあと特有の、なんとも言えないむずがゆさが漂っているのを感じていた。

そんな空気を察したかのように、トースターがチンと鳴って、まかないグラタンの出来上がりを知らせる。

立ち上がった松之助さんにつられて、私もスプーンとお冷を用意するべく席を立つ。

「……まあでも、俺も今回の件には影響されたわ」

「え？」

「あー、よく寝ました」

なにか言いかけた松之助さんに首を傾げれば、同時に聞こえてきたそんな声。

ひょっこりとそちらを窺えば、サクさんがグッと伸びをしているところだった。

「サクさん」

「これ、かけていただいたのですね。ありがとうございます」

肩にかかっていたブランケットを取りながらサクさんは小さく頭を下げる。口調がしっかりしたものに戻っているところを見るに、もうアルコールも抜けてきたのだろう。

「少し寝てすっきりしました。酔いも醒めてきたことですし、今日は帰りますね」

「あ、はい。お気をつけて!」

サクさんが軽く畳んだブランケットを受け取って、そう声をかける。

するとサクさんは、ふと思い出したかのように顔を上げた。

「今回の件について、まだお礼を申し上げていませんでしたね。莉子、松之助、本当にありがとうございました」

この店に来るお客さんたちの無茶ぶりにはもう慣れてきた。だけどこうやって改めてお礼を言われることは少なかったから、一瞬ポカンと口を開けてしまった。

ワンテンポ遅れて「いえいえ」と首を振った私と、「ほんまにな」と息を吐いた松之助さんを交互に見て、サクさんはクスクスと笑う。

「あの子がお礼を言いに来てくれたことが嬉しかったので。きちんと伝えなければと思ったのです」

「あ、なるほど」

よっぽど虎太郎くんの一件が心に響いたのだろう。そう言ったサクさんは、少し照れくさそうにしながらも、どこかすっきりした表情を浮かべていた。

神様も人間に影響を受けることがあるんだなと、ぼんやりその美しい顔を眺めていれば、サクさんはチラリと松之助さんに目配せしてから、私の両手をふわりと包んで、こう言った。

「……もし今後、私がお役に立てるようなことがありましたら、いつでもお声かけくださいね」

「うん？　えっと……？」

なにか含みのあるような言い方に、首を傾げる。

すると、サクさんは握った両手に力を込めて、グッと私と距離を縮めた。

急に整った顔が近づいてきて、軽くパニックを起こしそうになる。ちょっと見慣れたかと思ったけれど、やっぱり美しさは変わらない。とにかくいったん落ち着くため、サクさんに毛穴が存在するのか確かめようとした瞬間、桜のいい香りが鼻腔《びくう》をくすぐった。

「縁結び、とか」

私の耳元で、サクさんの薄い唇が動く。

「……へ？」

こんな近くで見ても毛穴がないとか、どういうこと？　そんな全然違うことで混乱し始めていた私の脳がサクさんの囁《ささや》きを認識するまでに数秒かかった。

縁結び？　って、えっと、つまり、私と好きな人を結んでくれるっていう……？

理解し始めた頃には、サクさんはもう私から離れていて「それでは」と松之助さんに手を振っていた。

「また、おいない」

松之助さんはいつものセリフでサクさんを見送る。

「ええ。また来ます」

「え、いやサクさん、今のはどういう……」

意味ありげな視線を送ってきたサクさんに戸惑いながら聞き返すも、時すでに遅し。桜色の着物がよく似合う美しい神様は、ふわりと吹いた春の風と共に、去っていった。

「……なに言われたん？」

「い、いえ、別に」

カウンターの中に戻り、調理台の前の椅子に座った途端、怪訝そうに聞いてきた松之助さん。それに曖昧な返事をして、まかないグラタンを頬張った。こんがりと焼けたチーズと、ホワイトソースがしみたコロッケの衣。ほくほくとろーっとしたそれは、これまでのまかないの中で一番おいしく感じる。

「うわっ、これおいしいです！」

「うん。で、サクさんはなんて？」

「え、えっと、別に大したことじゃないですよ」

正直に答えてもよかったのだけれど、松之助さんと〝そういう〟話をするのはなんかちょっと気恥ずかくて、適当にごまかした。

電話するたびに葉月が〝そういう〟感じでいじってくるから、変に意識してしまったのかもしれない。うん、そうだ、多分。葉月のせいだ。

「ふーん？」

私は次から次へとグラタンを口へ運び、食べるのに夢中だというアピールをしながら、お冷にも手を伸ばす。そして、今ひとつ釈然としていなさそうな松之助さんと、心の中にじわりと湧いたひとつの可能性には、気づかないふりをした。

こうして今日も、居酒屋お伊勢の夜は更けていく。

五杯目　まごころの手こね寿司

そよそよと、吹く風が柔らかくなった四月はじめ。

「伊勢神宮の参拝時間が変わるのって、今月からですか?」

「いや、変わるのは五月からやな。四月も朝五時から夕方六時までやで」

「そうなんですか」

たわいもない話をしながら、私はまかないに手をつける。もうそろそろおでんも終わりかな、としんみりしながら、味のしみた大根を頬張った。

時刻は夜中の三時を過ぎた頃。お客さんたちの眠りも深まって、店内にはいつものようにいびきが響いていた。

——ピリリリリ。

突然、鳴り響いたのは、聞いたことのある電子音。なにかと思えば、店の電話だった。

「キュキュッ!」

びっくりしたキュキュ丸たちが、身を寄せ合って飛び跳ねている。

電話自体そんなにかかってこないというのに加えて、この時間にかかってきたことに驚きながらも、お客さんたちを起こしてはいけないとすかさず受話器をとる。

「お電話ありがとうございます、居酒屋お伊勢です」

『え、女……?』

聞こえてきたのは、戸惑ったような男の人の声だった。話し方的に、それなりに若そうだ。

「はい？」

思わず聞き返すと、電話の向こうで咳払いが聞こえた。

首を傾げていると、「莉子、どこから？」と松之助さんが質問してくる。

「失礼ですが、どちら様でしょうか？」

そんな松之助さんに頷きながら、相手を尋ねた。

『ああ、すみません。〝きくのや〟と申します』

「きくのやさん、ですか」

聞き慣れない名前を口にすると、ピクリと松之助さんが反応した。どうしたのかと思えば、両手でバツ印を作り私に見せてくる。

よくない相手、ということだろうか。

『松之助はいますか。そちらで店主をしているかと思うのですが』

電話の向こうから男の人の声がそう問いかけてくる。

その口ぶりから判断するに、けっこう親しい間柄のように思えるけれど、松之助さんはバツ印を崩さないままだ。

「……申し訳ありません。本日は不在です」

これでいいですか、と目で訴えながら返事をすれば、松之助さんはほっとしたように頷いた。

『そうですか。……ではまた後日、連絡させていただきます』

「はい、すみません。失礼します」

軽く頭を下げながらそう言って、受話器を置く。そのまま松之助さんのほうを向き、どういう相手だったのか尋ねようとすれば、開きかけた口におでんの大根が押し込まれた。

「むぐっ」

「電話対応は今度から任せるわ」

私に大根を食べさせながら、松之助さんは目を逸らす。

「いや、それはいいんですけど、さっきの電話の方は……むぐっ」

「『きくのや』は、伊勢にある老舗の料亭。以上」

それだけ答えて、これ以上聞いてくるなとばかりに背中を向けた。

口の中にじゅわっと広がる大根の味を噛みしめながら、私はぐっと眉根を寄せた。

老舗の料亭からの電話を無視してよかったのだろうか。電話の声は松之助さんと同世代くらいの男の人だったように思った。松之助さんのことを呼び捨てにしていたし、友だちかな。いや、でも松之助さんって友だちがいないイメージのほうが強いな。

じっと松之助さんを見つめながら、なんとも失礼なことを考えていると、しばらくして観念したようにため息をつかれた。

「……実家やよ」

「えっ!?　切っちゃってよかったんですか!?」

驚いて声を上げる。

実家からなんて、そんな、大事な用だったのかもしれないのに。

「いい、いい。どうせ大した用とちゃうし、なんかあったら伝言とかしてくるやろ」

「まあ、そうかもしれませんけど……」

ヒラヒラと払うように手を振った松之助さんを、釈然としない気持ちで見つめる。

だからといって、電話はもう切ってしまったわけだから、どうしようもないのだけれど、それでいいのだろうかと思ってしまう私もいる。

松之助さんの声が聞きたかったから、私が出たときびっくりされたんだろうしなあ。

少しもやもやしながらも、これ以上松之助さんが話したそうにしていなかったため、話題を変えることにした。

「ていうか、松之助さんのご実家って、料亭だったんですか」

老舗の料亭っていうとけっこうお堅そうなのに、金髪にしちゃってよかったんだ。

意外だな、と思いながらも、料理上手な理由が判明して嬉しくなる。

「すごい、御曹司ってことですよね。跡を継げとか言われなかったんですか？」

「……まあ、それはあったけど、継ぐ気はないな」

「わ、もったいない。就活しなくていいなんて最高なのに。でも羨ましいです、順風満帆ですね」

自分の惨劇のような社会人生活を思い返して、ぼんやりと呟く。

実家が自営業だったなら、どんなによかっただろう。苦労して会社を探さなくてもいいし、お祈りメールに嘆かなくてもいいし、なにより会社に入ったあとも可愛がってもらえる。

羨望の眼差しで松之助さんを見れば、彼はプッと噴き出した。

「ははっ、莉子はお気楽でええなあ」

「え？」

「俺も莉子くらい気楽に考えられてたら、変わっとったかもなあ」

「……それ、褒めてます？　貶《けな》してます？」

私が頬を膨らますと、松之助さんはさらにケラケラと笑った。

お気楽って言うけれど、私は周りの子たちに比べてちょっと苦労したほうだと思う。

それこそ、ここ一年くらいはいろんなことがあったわけで、そんな経験をしたからこそ跡を継ぐという選択肢があった松之助さんのことが羨ましいわけで。それをなにも、笑わなくてもいいのに。

沸々《ふつふつ》と不満が湧いてきた私をよそに、ひとしきり笑い終えた松之助さんは、ふうと息を吐く。それから私のしかめっ面を見て、困ったように眉を下げてゆっくりと口を開いた。

「……料理は好きやったよ、昔から。跡継ぎとして育てられとる自覚もあった。でも、両親から気味悪がられとるって、小さいときはけっこうこたえるに」

その言葉に、ガツンと頭を殴られたようだった。

そうだ。ついこの前、実家のことを話してもらったばかりだったのに。

老舗の料亭の御曹司という響きに捕らわれて、すっかりそのことが抜けていた。

その髪を染めたとき、実家を出ようとしたとき、この店を始めると決めたとき、どういう気持ちだったのだろう。

「……あの」

「うん」

「考えなしのお気楽ですみませんでした」

やってしまった、と深く頭を下げた私の肩を、松之助さんが叩く。

「それが莉子のええとこやんか」

そう言って笑った松之助さんの顔は、どこか少し寂しそうに見えた。

そして……松之助さんが店から姿を消したのは、その翌日のことだった。

【実家に帰ります。　松之助】

夕方五時。いつもなら起こしに来てくれるはずの、松之助さんの声が聞こえない。そう思って一階に下りてきた私は、カウンターの上に置かれていたメモを見て固まった。

「……え？」

ポツリと落ちた私の声は、がらんとした店内に響く。

いつもなら、そこに松之助さんがいて、なにかしら返事をしてくれるはずなのに、ワンテンポ遅れて鳩時計が鳴くだけだった。

実家って、昨日話していた老舗料亭のこと？　継ぐ気はないって言っていたのに、急にどうして。

そこまで考えて、ふと思い至る。

「私のせいだ……」

生まれ育った環境なんて人それぞれで、どうこう言う筋合いなんてないのに、私はそれを妬んで、松之助さんを困らせて。松之助さんがどんな気持ちだったかなんて考えもせずに自分の感情を押しつけただけの、すごく幼稚な言動だった。

もしかして、それで嫌気が差したのだろうか。大して料理の腕も上がっていないのに、口だけは一人前の私を鬱陶《うっとう》しく思ったのだろうか。もう一緒にはやっていけないと、そう思われたのだろうか。

「にゃいにゃい」

そんなことを悶々と考えていると、すぐ隣でごま吉が、心配そうな顔をして私の様子を窺っっていた。

「……とにかく、開店準備しなきゃだね」

時計を見て、どこかで冷静な私が呟いた。大変なことになったと混乱しているのに、身体は自然と動きだす。

コンロの上に置かれていた鍋の蓋を開けると、出汁の湯気がふわりと立った。出ていく前に松之助さんが作ったものなのだろう。

まだ温かいそれを眺めながら、松之助さんが出ていってからそう時間が経っていないことを知る。今追いかければ間に合うかもしれないと頭の隅で思ったけれど、無理に引き留めても仕方ないと諦めるほうが優勢だった。

「じゃあ、松之助は店をやめるってことなの?」

一杯目のビールをちびりと飲んで、いつものカウンター席に座ったトヨさんが眉間に皺を寄せた。

　さして準備もできないままに開店時間を迎えた店内には、いつものように神様たちが集まってきていた。

　松之助さんがいないことに気づいて不思議そうにしていたお客さんたちに一部始終を話せば、みんな揃って渋い顔をした。

「分かんないですけど、この感じは多分、そうかと」

「なんつーこった。こんな紙切れ一枚でお別れってことかい。そりゃあんまりだろ」

　いつもは座敷で宴会をしているシナのおっちゃんたちも、この一大事を重く受け止めたのか、カウンターの周りに寄ってきていた。

「そもそも、松之助は実家と折り合いが悪くて、この店を開いたんでしょ？　なんで今さらそっちに戻ろうって思ったわけ？」

「松之助も大人になったということではないですか。反抗期だった息子が家を出てから丸くなるというのは、よく耳にする話ですよ」

　今日はコロッケが食べられないとショックを受けていたサクさんが、ぐいっとビールを煽ってトヨさんに応える。

　松之助さんに『反抗期』という言葉は少し似合わない気がしたけれど、たくさんの家族を見守ってきた神様が言うことには説得力があって、他のお客さんたちも納得したように頷いていた。

「あ、あの、それか……」

雪の日以来、姿を見ていなかったまなごさんが、そろりそろりと手を挙げる。

久しぶりに来てくれたというのに、なにもおもてなしできないことに申し訳なさを感じながら視線を向けると、相変わらずぼさぼさの髪を揺らして口を開いた。

「もしかしたら莉子さんと話をするうちに、決心がついたのかもしれないです……」

「え？」

「い、いや、あの、これは僕個人の意見なのですが、前にここへ来たとき、みなさんに話を聞いてもらっているうちに、姫様に会いたいと心の奥で思っていたのがより強くなったと言いますか……なんと言いますか……」

要するに、私と話をしたことによって、ずっと避けていた実家に近づく勇気が出たということだろうか。

恐る恐るといった様子で発言したまなごさんに、なるほど、と頷きを返す。

でも、私は松之助さんに決心してもらえるほど話をしたわけでもないし、そんなふうに楽観的に捉えることはできなかった。だって、思い返してみても、私は彼に迷惑しかかけていない。

「もしそれで松之助が店をやめるってことになったら、この店はどうなるの？」

話を聞く側に回っていたトヨさんが、不意に呟いた。

「莉子だけでやっていくの？」

トヨさんの黒い瞳が、じっと私を射抜くように見ていた。

その質問は、私も開店準備をしながら考えていたことだった。案外すぐに出たその答えを、ゆるゆると横に首を振って伝える。

「私はまだ見習いで、料理を出したりお酒を注いだりするので精一杯です。切り盛りしていくのはさすがに無理だし、それに……」

神様たちが心安らげる、居場所を作りたい。そんな松之助さんの想いが詰まったこの店は、おいしい料理とお酒があって、破天荒なお客さんたちがいて、それを呆れたように笑う店主がいてこそ成り立つ。

「松之助さんがいないこの店は、想像がつかないです」

神様たちのたまり場であるこの店に松之助さんの存在は不可欠で、半人前の私だけでやっていくのは無理な話だ。これは私のわがままかもしれないけれど、松之助さんがいないなら、店を続けていくことはできない。

自分の未熟さをバカ正直に言ってしまうなんて、なんて至らない店員なのだろう。情けなくてお客さんたちの顔を見ることができない私は、ギュッと目を閉じた。

そうして、どれくらい時間が過ぎただろう。

「……うん、そうね」

沈黙を破ったのは、トヨさんの声だった。

「松之助がいないこの店を想像できないのは私も同じよ」

顔を上げると、トヨさんはジョッキ片手にニコリと笑って「それに……」と言葉を続ける。

「松之助の唐揚げが食べられないなんて、私も信じたくないわ」

「仕事終わりにここ来るのが習慣になっちまってるし、なくなるのは困るなあ」

「ぼ、僕も、この賑やかな感じがとても好きだったので、寂しいです……」

「大人になった虎太郎と、ここでコロッケつまみながらお酒飲むのをひそかに楽しみにしてるのよ」

カウンターの周りに集まっていた神様たちも、口々にそんなことを言う。

その表情はみんな柔らかくて、思わず泣きそうになった。

「莉子」

やることは決まったわね、とトヨさんが微笑んだ。

私はそれにコクリと頷く。

「……松之助さんを、連れ戻します。私はあの人の隣に立って、仕事がしたいです」

ビールの注ぎ方はようやく及第点がもらえたところで、料理に関してはほとんど知らない。神様たちのことだって、少しずつ覚えてきたとはいえ、松之助さんの説明がなければ分からないことのほうが多い。

この店で一緒に働いて、教えてもらいたいことがまだたくさんある。

口を開いた私に、お客さんたちは「よし」と賛同してくれた。

「そうと決まったら、早速――」

「ただいまー」

松之助さんを連れ戻そうと息巻いて、羽織を手に取った私の耳に飛び込んできた、低い声と引き戸が開く音。

聞き間違いじゃなければ、この声は……。

ゆっくりと店の入り口のほうを振り向く。

そこにいたのは、今まさに話題にのぼっていた金髪。

「ん？　なに？」

「みんな、どしたん？」

松之助さんが首を傾げて立っていた。

「『どしたん』って、え？　松之助さん、実家に帰ったんじゃ……」

急に松之助さんが戻ってきたことに戸惑いを隠せず、私が尋ねると、松之助さんは頭にタオルを巻きながら、ケロッとした顔で答える。

「ああ、うん。仕込みしとったらピーラーの刃が取れたもんで、借りに行っとった」

「ピーラー……？」

「新しいの買うてきてもよかったんやけど、今、手持ち少なくてさあ」

腕まくりをしながら流しの前に立ち、実家から借りてきたというピーラーでニンジンの皮を剥きはじめた松之助さんに拍子抜けした。

なんということだろう。つまり、私たちの早とちりだったというわけか。

カウンターの上に置いたままだったメモを手に取り、凝視する。

どこからどう見ても、〝実家に帰らせていただきます〟って感じだよ、このメモ。

しかも昨日、あんなやりとりがあったものだから、余計にそう思ってしまったのも無理はないだろう。

「この書き方だったら普通に勘違いするでしょ！」

嘆くように声を発すると、ビクッと松之助さんの肩が揺れた。

「え……、なにが？」

訳が分からない、といった顔で松之助さんは戸惑ったように聞いてくる。

「実家に帰っちゃったのかなって！」

「いや、うん、やから帰っとったんやって」

「んーと、そういうことじゃなくて！」

行き場のない怒りと恥ずかしさを抱きながら松之助さんの背中を叩けば、なにも知らない彼は不思議そうに首を傾げた。

「……きくのやさんを継ぎに帰ったのかと思いました」

「ああ、なに、そういうことか。違うで、もう俺の弟が継いどるから、今さらそんな話出てこやんし」

視線を落としながら呟いた私の耳に、初めて聞く情報が入ってくる。

「へ？　弟？」

落としかけていた視線をパッと上げて尋ねれば、頷きが返ってきた。

「そ。昨日電話かけてきとったんも弟。あの時間帯はお客さんら寝とるからって話したん覚えとったみたいで『電話の音うるさいし、さすがに出るやろ』って、狙ってかけてきたんやってさ。大した用もないのに話長いで無視しとったんやけどな。ああ、でも昨日は莉子が対応してくれたで助かったわ。あいつも俺が出るとばっかり思っとったらしくて、驚いたって言っとった」

そんなことを話しながらトントンとニンジンを切っていく松之助さんの横顔は、いつもと変わらず呆れたような笑みを浮かべている。

その顔を見ていたら無性にほっとして、私はつい口を滑らした。

「……松之助さんがいなくなったと思って、すごく焦りました」

「ん？」

ニンジンを切る手を止めて、松之助さんがこちらに視線を向ける。

「私は考えなしで頼りにならないし、それを面倒くさいと思われても仕方ないなって自覚してます。でも、まだまだ教えてもらいたいことがたくさんあるし、できれば松之助さんの隣で仕事をしても恥ずかしくないと思ってもらえるようになりたいって、松之助さんに認めてもらいたいって、そう思っています。だから、その……」

あれ、私なにが言いたかったんだっけ。

勢いのまま言葉を連ねて、着地点を見失った。そのことに気づいて、はたと話すのをやめた私を、松之助さんがキョトンと見ている。

「……まあ、とにかく、いなくならないでください」

「なんやそれ」

ちょっと強引に話をまとめれば、松之助さんがおかしそうに笑う。

いつもの感じが戻ってきたのが嬉しくて、つられて一緒に笑っていれば、「莉子のツボは分からんな」と松之助さんが首を傾げた。

「……うーんと、無事に松之助も帰ってきたことだし、そろそろ注文してもいいかしら？」

それまで私たちのやりとりを珍しく静かに見守ってくれていたトヨさんが、様子を窺うように聞いてきた。

「あ、はい！」

慌てて返事をした私に、他の神様たちも一斉に口を開きだす。

「唐揚げとビールと——」

「なんか甘いもんあるかい？」

「あ、あの、ふわーっとなれるお酒を——」

「コロッケも頼むわ」

次々と手を挙げる神様たちの注文をメモして、小走りで店内を駆け回った。

おいしい料理とお酒、無茶ぶり多めのお客さんたち、それを呆れたように笑う松之助さん。

賑やかさを取り戻した店内をぐるりと眺めながら、ここに来てからのことを思い返す。

神様に呼ばれて、ヤバいお酒を飲まされたこと。朔日餅の行列に神様と並んだこと。バレンタインと称してうどんを作り、神様の想いを届けたこと。神様と迷子の手助けをしたこと。

改めて考えてみても、普通の社会人一年目が経験できるようなことではない。いろんな偶然と神様たちの気まぐれが重なって、私は今ここにいる。それも全部、松之助さんがこの店を作らなかったら起こっていない出来事だった。

「莉子、これ持ってって」

松之助さんの声がカウンターの中から飛んでくる。

「はい！」

「なんでそんな元気なん」

ササッと戻って返事をすれば、松之助さんが首を傾げた。

「ちょうど松之助さんの偉大さに感謝していたところだったので！」

「……口がうまいのはええけど、勢いあまって落とさんといてな」

「落とさないです！」

さすがの私もそんなドジはしない。そう頬を膨らませれば、松之助さんはフッと鼻で笑う。

「それは頼もしいなあ」

ボソリと聞こえた何気ない呟きが嬉しくて、「でしょう」と胸を張ると、すかさず小突かれた。

そんないつもと変わらない松之助さんとのやりとりが楽しくて、今日は特別に心が温かくなった。

「莉子、まかないできたに」

眠ってしまった神様たちを起こさないように、小声で松之助さんに呼ばれた。

座敷の机を拭いていた手を止めて、身体を起こす。残る部分は、キュキュ丸たちにお任せすることにした。

カウンターの中に戻れば、調理台の上にはどんぶりがふたつ置かれていた。折りたたみの椅子を出しつつ、口を開く。

「すごい、今日は海鮮丼ですか？」

どんぶりの中はお刺身で埋め尽くされていた。タレが塗られているのか、赤身がテカテカと光っている。

「これは〝手こね寿司〟っていう、ちらし寿司。伊勢の名物やで」

「あ、これが手こね寿司なんですか」

その名前は、門前町でちょくちょく見かけていた。どんなものだろうと気になってはいたけれど、食べる機会が今までなかった名物だ。

「実家に帰ったらちょうど父親に会ってさ、カツオ持ってけって言われて」

そう言う松之助さんの顔には、少し照れくさそうな笑みが浮かんでいる。

実家とは疎遠だと聞いていたし、幼少期の松之助さんが孤独を感じていたという話に違いはないと思うけれど、特別仲が悪いようには聞こえない。今は、お互いにとってちょうどいい距離感を掴めているのかもしれない。

「……実はさ、ちょっと思い出したん」

「なにをですか？」

　頭に巻いていた白いタオルを外しながら、ぽつりと言った松之助さんに、私は首を傾げた。

「子どものとき、よく父親と一緒に手こね寿司作ったなあって」

「えっ、そうだったんですか？」

「うん。もともとは父親の作る手こね寿司が好きでさ。教えてって頼んで、何回も付き合ってもらった気がする」

　どんぶりに視線を向けて、松之助さんは懐かしそうに話しだす。

「その頃から『食べる人の顔を思い浮かべて作れ』って、それはもう口酸っぱく言われとったんよな。出来上がった料理を、その人にどんな顔して食べてもらいたいかっていうのを考えながら作れば、気持ちが伝わって、よりおいしく感じてもらえるから、って」

「食べる人の顔を、思い浮かべて……」

　そっと声に出してみる。前に松之助さんが言っていた〝まごころ〟というのも、ここから来ているのだろう。

素敵なつながりだなあ、と思った。今は離れたところにいるけれど、まごころを込めて料理を作るという信念は、お父さんから松之助さんへ、しっかりと受け継がれている。

「まあ、そういうわけで、ちょっと懐かしくなって作ってみました」

真面目な話をするのが恥ずかしくなったのか、かしこまったように松之助さんはペコリと頭を下げた。

「そうでしたか。じゃあ、味わって食べなきゃですね」

私もそれに合わせて背筋を伸ばす。松之助さんが「存分に味わってください」とまたかしこまったように頷いたのが面白くて、ふたり揃ってプッと噴き出したあと「いただきます」と手を合わせた。

薄く切られたカツオをお箸でぴらっとめくってみると、下でご飯がツヤツヤと光っていた。カツオひと切れとご飯がいいバランスになるようにお箸ですくい、上に乗っていた刻み海苔《のり》と大葉も一緒に口の中に入れた。

カツオには醤油ベースのタレが絡めてあるようで、酢飯と絶妙なハーモニーを奏でている。カツオ自体も新鮮なのか弾力がある。大葉の風味がいい感じでアクセントになっていた。

「おいしいです……！」

噛みしめるように言うと、松之助さんはクスッと笑う。

「莉子は幸せそうに食べるなあ」

「いや、ほんとにこれ、めちゃくちゃおいしいですって。もう二度と松之助さんのまかないを食べられないかと思ったから、余計においしく感じるのかもですけど」

つい数時間前までの心境を思い返しながらボソリと呟く。

「いなくならないでくださいーって、泣きべそかいとったもんな」

「な、泣きべそはかいてません！」

茶化してくる松之助さんに、頬を膨らませて怒ればケラケラと笑われる。

「あ、松之助さん、今ちょっとバカにしたでしょ」

「うん、バカやなあって思っとる」

「ちょっと、もう！」

軽口を叩き合いながら、私は目の前にいる松之助さんをじっと見つめた。

彼の、この店への想いと、料理の腕前を尊敬している。お客さんたちへの思いやりや奥底にある優しさはとても素敵だし、それが自分に向けられるとすごく嬉しい。上司だけれど、こうして言い合いができるような空気を作ってくれて、この人についていきたいと思わせてくれる。

ああ、好きだなあ。

不意にストンと自分の中に落ちてきた気持ちを自覚して、胸がいっぱいになった。

松之助さんがいなくなると思って、焦る気持ちはもちろんあった。だけどそれ以上に感じたのは寂しさだった。松之助さんのいないこの店を想像して、とてつもない虚無感に襲われた。

「……莉子？」

急に黙りこくった私を不思議に思ったのか、松之助さんが顔を覗き込んできた。

一度意識してしまえば、その距離がすごく近いものに思えて、じわじわと顔に熱が集まってくる。

「どした？　顔、めっちゃ赤いけど……」

「き、気にしないでください……」

恥ずかしくて目を逸らした私に、松之助さんは納得がいっていないみたいだった。けれど……。

「なあ、ほんまに大丈夫なん？　体調悪いとか――」

「ビールおかわり!!」

突然、店内に響いたトヨさんの大きな声。

ふたり揃ってそれにビクリと肩を揺らす。そっとカウンター席に視線を向ければ、トヨさんはまだ眠ったままだった。

「……寝言？」

「ですかね……」

夢の中でもおかわりをしているトヨさんを想像してプッと笑うと、松之助さんも同じように噴き出していた。


神様って、品があって、オーラに満ちあふれていて、私たち人間とは程遠い存在だと思っていた。だけど、事あるごとに実感する。

「ちょっとトヨさん、今起きないと本当に間に合いませんって」

「行きたくないよお……」

神様たちにも、仕事に行きたくない朝があるということ。

「シナのおっちゃん、さっきポケットになにを入れましたか？」

「飴《あめ》ちゃんくらい持たせてくれよ」

神様たちにも、甘い物が必要になるときがあるということ。

「まなごさん、どんな夢を見てたんですか」

「あ、あの、いや、ちょっと姫様が出てきたので、起きるのが遅くなってしまったというか、その、えっと……」

神様たちにも、大切な存在があるということ。

「サクさん、お冷どうぞ」

「恐れ入ります。久しぶりに飲みすぎてしまいました」

神様たちにも、ひと息つきたいときがあるということ。

ここで働かなければ、思いもよらなかったことばかり、知らなかったことばかり。

だけど、こうして知ったからには、その想いを汲《く》みたいとも思う。

松之助さんが、ここを神様たちの心安らげる場所にしたいと願うなら、私もその手伝いをしたい。

居場所を一緒に作る人になりたい。


「はよ行きな。もう参拝時間始まってしまうで」

「みなさん、忘れ物ないですか？　確認してくださいね」

寝起きの神様たちがのんびり動くのを松之助さんとふたりで急かしながら、店の外に追いやった。

まだ薄暗い空の下、ぞろぞろ去っていくお客さんたちを見送る。

不意に、その一番後ろを歩いていたトヨさんが立ち止まった。忘れ物でもしたのだろうかと様子を窺っていれば、くるりとこちらに向き直って手を振った。

「莉子、松之助、ごちそうさま」

私は松之助さんと顔を見合わせる。それから一緒にこう言った。

「また、おいないー」

ここは、神様たちが集まる居酒屋。

伊勢のおはらい町の片隅で、今日も慌ただしく朝を迎える――。

完

あとがき

こんにちは、梨木れいあです。『神様の居酒屋お伊勢』を手に取っていただき、また最後までお付き合いくださいまして、本当にありがとうございます。

三重県で生まれ育った私にとって、お伊勢さんはとても身近な存在かつ、他県の方から「三重ってなにかあったっけ？」と聞かれたときに胸を張って答えられる、ありがたい存在でもありました。

そんなお伊勢さんについて改めて調べてみると、知らなかったことがどんどん出てきました。内宮と外宮だけだと思っていた伊勢神宮が、まさか百二十五社の総称だなんて。伊勢市以外にも社があるなんて。びっくりしました。

それだけたくさんの社があるのなら、伊勢は神様で溢れていそうだな。観光地だし、たくさんの人が参拝に来るし、神様たちもさぞやお疲れなのでは。

そうして生まれたのが、松之助さんの営む〝居酒屋お伊勢〟でした。

作品の中に出てくる食べ物は、私の好物ばかりです。『朔日餅』は予約しておくとデパートなどでも買うことができるのですが、一度は並んで、お祭りのような朝市の雰囲気を楽しんでいただきたいです。ちなみに私は、七月と十月の『朔日餅』が特に好きです。伊勢うどんはシンプルなものでもおいしいのですが、お醤油屋さんで販売されている伊勢焼きうどんに温泉卵をトッピングしたものがとてもおいしいです。『豚捨』のコロッケはぜひ食べていただきたいし、ミンチカツ（関西ではメンチカツをミンチカツという）もおすすめです。ほかにもおすすめしたい食べ物はたくさんあるのですが、言い出すと終わらないのでこのあたりで。

最後になりましたが、いつも想像が膨らむような助言をくださる森上さまをはじめ、スターツ出版の皆さま。前作に引き続き、編集協力をしてくださったヨダさま。ほっこり温かなカバーイラストを描いてくださったｎｅｙａｇｉさま。素敵なデザインに仕上げてくださった徳重さま。そして、この本を手に取ってくださった皆さま。

本当にありがとうございました。

二〇一七年十二月　梨木れいあ

この物語はフィクションです。実在の人物、団体等とは一切関係がありません。

梨木れいあ先生へのファンレターのあて先
〒104-0031　東京都中央区京橋1-3-1　八重洲口大栄ビル7F
スターツ出版（株）書籍編集部 気付
梨木れいあ先生

神様の居酒屋お伊勢

2017年12月28日　初版第1刷発行

著　者　　梨木れいあ　

発 行 人　松島滋
デザイン　カバー　徳重 甫+ベイブリッジ・スタジオ
　　　　　フォーマット　西村弘美
編　　集　森上舞子
　　　　　ヨダヒロコ（六識）
発 行 所　スターツ出版株式会社
　　　　　〒104-0031
　　　　　東京都中央区京橋1-3-1　八重洲口大栄ビル7F
　　　　　TEL　販売部　03-6202-0386（ご注文等に関するお問い合わせ）
　　　　　URL　http://starts-pub.jp/
印 刷 所　大日本印刷株式会社

Printed in Japan

ISBN　978-4-8137-0376-1　C0193

スターツ出版文庫　好評発売中!!

『70年分の夏を君に捧ぐ』　櫻井《さくらい》千姫《ちひめ》・著

2015年、夏。東京に住む高２の百合香は、真夜中に不思議な体験をする。０時ちょうどに見ず知らずの少女と謎の空間ですれ違ったのだ。そして、目覚めるとそこは1945年。百合香の心は、なぜか終戦直前の広島に住む少女・千寿の身体に入りこんでいた。一方、千寿の魂も現代日本に飛ばされ、70年後の世界に戸惑うばかり…。以来毎晩入れ替わるふたりに、やがて、運命の「あの日」が訪れる——。ラスト、時を超えた真実の愛と絆に、心揺さぶられ、涙が止まらない！

ISBN978-4-8137-0359-4 ／ 定価：本体670円＋税

『フカミ喫茶店の謎解きアンティーク』　涙鳴《るいな》・著

宝物のペンダントを犬に引きちぎられ絶望する来春の前に、上品な老紳士・フカミが現れる。ペンダントを修理してくれると案内された先は、レンガ造りの一風変わった『フカミ喫茶店』。そこは、モノを癒す天才リペア師の空、モノに宿る"記憶"を読み取る鑑定士・拓海が、アンティークの謎を読み解く喫茶店だった!?来春はいつの間にか事件に巻き込まれ、フカミ喫茶店で働くことになるが…。第２回スターツ出版文庫大賞のほっこり人情部門賞受賞作！

ISBN978-4-8137-0360-0 ／ 定価：本体600円＋税

『さよならレター』　皐月《さつき》コハル・著

ある日、高２のソウのゲタ箱に一通の手紙が入っていた。差出人は学校イチ可愛いと言われる同級生のルウコだった。それからふたりの秘密の文通が始まる。文通を重ねるうち、実は彼女が難病で余命わずかだと知ってしまう。ルウコは「もしも私が死んだら、ある約束を果たして欲しい」とソウに頼む。その約束には彼女が手紙を書いた本当の意味が隠されていた…。——生と死の狭間で未来を諦めず生きるふたりの純愛物語。

ISBN978-4-8137-0361-7 ／ 定価：本体550円＋税

『放課後音楽室』　麻沢《あさざわ》奏《かな》・著

幼い頃から勉強はトップクラス、ピアノのコンクールでは何度も入賞を果たすなど〈絶対優等生〉であり続ける高２の理穂子。彼女は、間もなく取り壊しになる旧音楽室で、コンクールに向けピアノの練習を始めることにした。そこへ不意に現れたのが、謎の転校生・相良。自由でしなやかな感性を持つ彼に、自分の旋律を「表面的」と酷評されるも、以来、理穂子の中で何かが変わっていく—。相良が抱える切ない過去、恋が生まれる瑞々しい日々に胸が熱くなる！

ISBN978-4-8137-0345-7 ／ 定価：本体560円＋税

書店店頭にご希望の本がない場合は、書店にてご注文いただけます。